일사 석용진, 〈흰그늘의 산알 소식과 산알의 흰그늘 노래〉

410×525, 2010

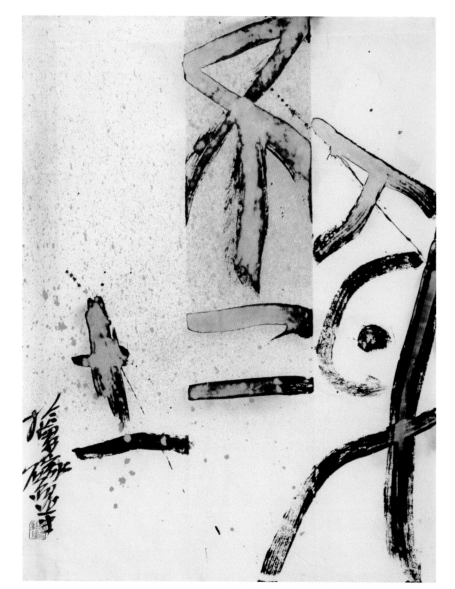

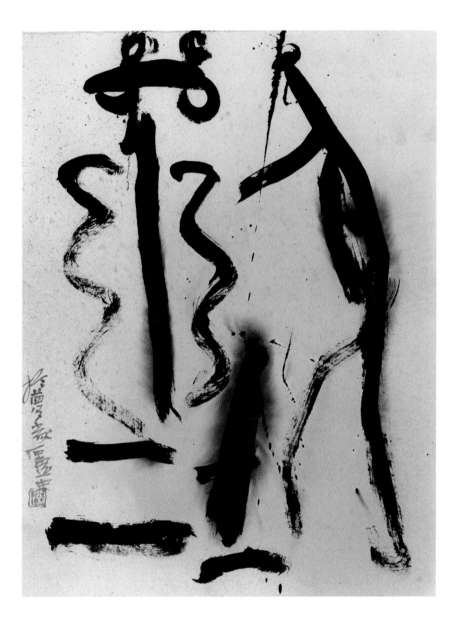

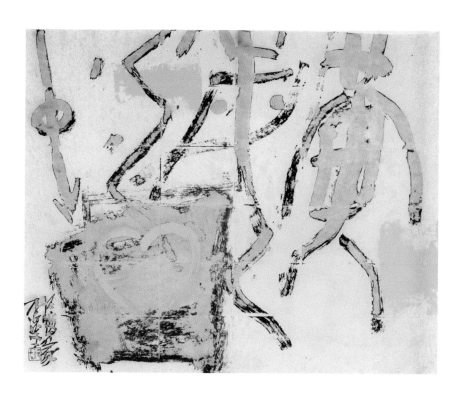

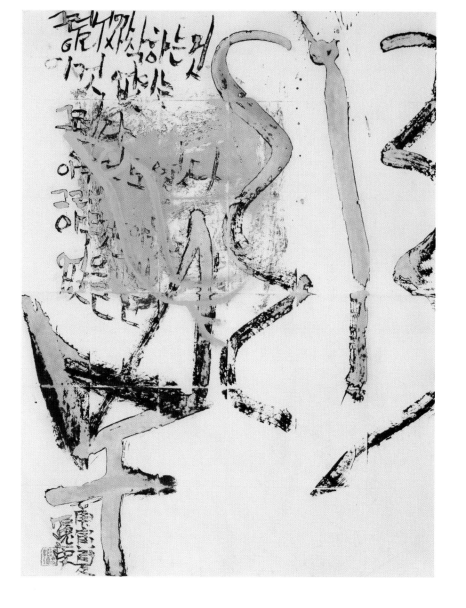

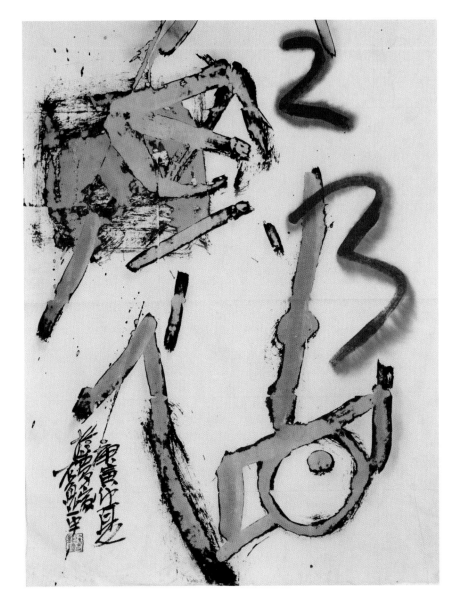

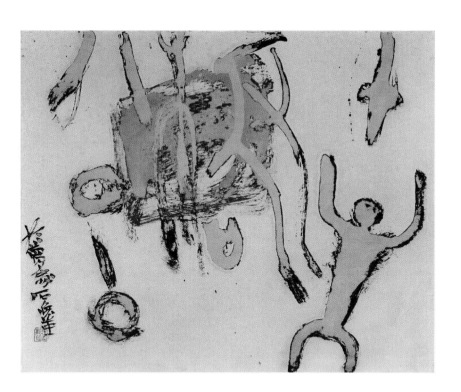

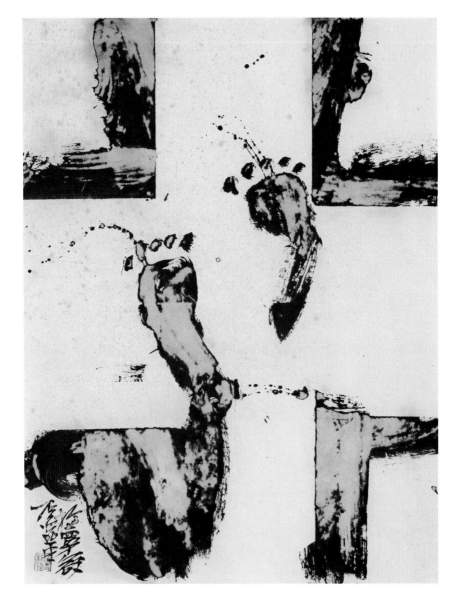

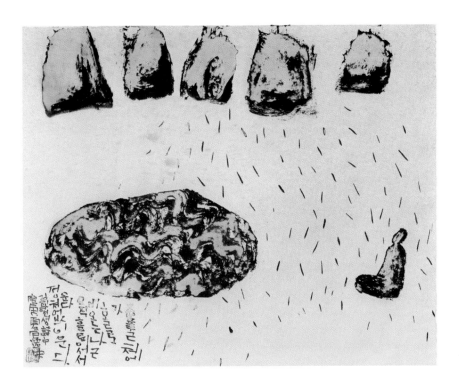

거부하듯이 조심스럽게 미리 잘라낸 여러가지 모양으로 껍질을 벗겨낸 감자의

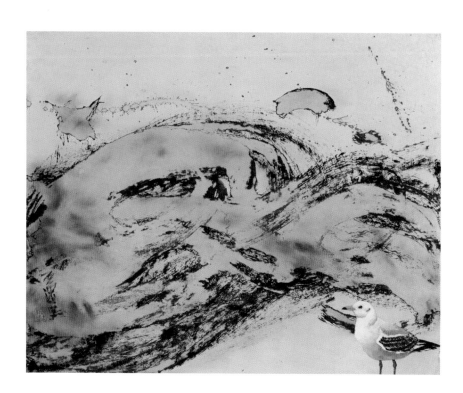

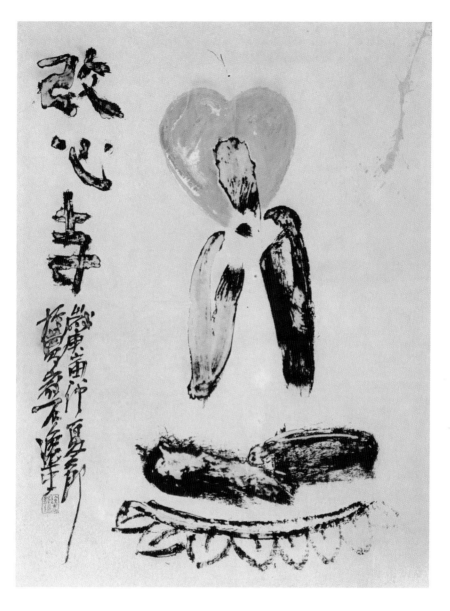

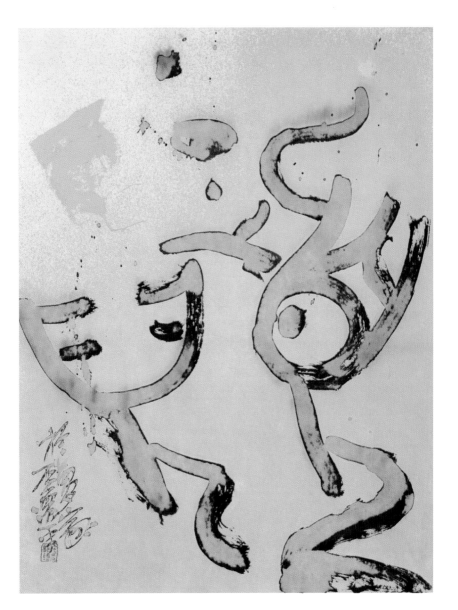

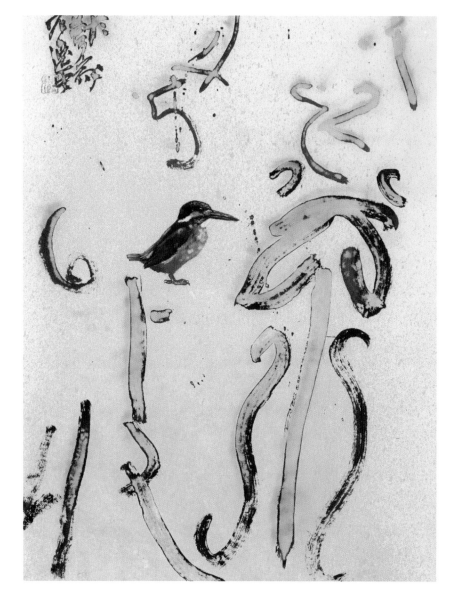

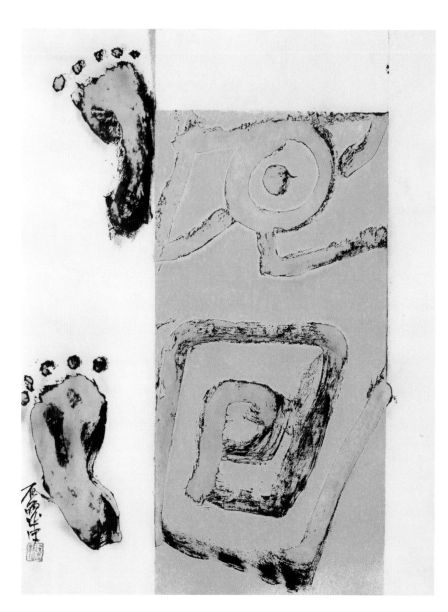

김지하

1941년 전남 목포 출생. 서울대 미학과 졸업. 1969년 『시인』지에
『황톳길』 등을 발표하며 작품 활동 시작. 1964년 대일 굴욕 외교
반대투쟁에 가담해 첫 옥고를 치른 이래 8년간의 투옥, 사형 구형
등의 고초를 겪었다. 독재권력에 맞서 자유의 증언을 계속해온 양
심적인 행동인으로, 한국의 전통 사상을 오늘의 상황 속에서 재창
조하고자 노력하는 사상가로서 독보적인 업적을 이룩했다.

시집 『황토』, 『타는 목마름으로』, 『오적』, 『애린』, 『검은 산 하얀 방』,
『이 가문 날의 비구름』, 『별밭을 우러르며』, 『중심의 괴로움』, 『화
개』, 『시삼백(전3권)』, 『산알 모란꽃』 등. 저서 『밥』, 『남녘땅 뱃노래』,
『살림』, 『생명』, 『생명과 자치』, 『사상기행』, 『예감에 가득 찬 숲그늘』,
『옛 가야에서 띄우는 겨울편지』, 대설(大說) 『남』, 『김지하 사상전집
(전3권)』, 『김지하의 화두』 등.

아시아, 아프리카 작가회의 로터스 특별상(1975), 국제시인회의 위
대한 시인상(1981), 크라이스키 인권상(1981) 등과 이산문학상(1993),
정지용문학상(2002), 만해문학상(2002), 대산문학상(2002) 등 수상.

나에게 나를 돌려준다

이제 나에게 나를 돌려준다
내내 나는 헐벗은 거리에 내던져져 있었다
이제야 한 서투른 두레박인 나
'신의 우물' 곁으로 돌아온다
물이 귀한 시절이다
달이 우물 속에서 미소 짓는다
그늘 속에서
아
검은 그늘 속에서
기쁨과 슬픔을 넘나드는 한 울타리
喜悲籬의 하얀 瑞氣를 발견한다
놀랍고 또 기쁜 것은
그것이 우리 옛 오일장의 또 하나의 이름
삶의 또 하나의 이름임을
깨달은 것.
그렇다
이제야 나에게 나를 돌려준다
산알을,
신의 우물로부터 참 산알을.
아, 復勝의 시절이다.

흰그늘의
산알 소식과
산알의
흰그늘 노래

김지하 시집

2010

1.

시문학을 비롯한 오늘날의 모든 문화의 첫째가는 기능은 '소통'과 함께 '치유'이다.

이 컴컴한 질병과 죽음의 시대에 치유의 예술만이 참다운 '흰 그늘'이다.

'흰그늘'은 그리하여 이 대혼돈 속에서 신음하는 인격—비인격, 생명—무생명 일체를 다같이 거룩한 우주공동체로 들어 올리는 모심의 세계문화대혁명과 그를 위한 아시안 네오·르네상스의 미학, 그리고 그 근본에서 온 인류와 중생, 지구 및 지구 주변에서까지도 참다운 '海印三昧'의 유리세계, 용화회상을 이끌어낼 후천화엄개벽의 약손인 것이다.

흰그늘은 산알이다.
그러나 산알은 곧 흰그늘이다.

나는 이제 흰그늘의 산알 소식과 함께 산알의 흰그늘 노래를 전하려 한다. 참다운 모심과 대화엄의 시절을 기리며.

2.

전 세계에서 큰 근심꺼리였던 신종플루 유행에 이어 소 같은 짐
승들의 □啼疫과 함께 지난 열흘간 우리는 내내 아이티 대지진 참
사를 보아왔다. 20만 명이 죽고 25만 명이 참혹한 질병을 앓고 있
다. 독감과 구제역 등과 지진 및 해일은 앞으로 또 오고 또 오고
또 오리라 한다. 이미 인간에게서, 그리고 인간을 둘러싼 일체 생
명계에서 '모심'은 아득히 사라졌다. 아니, 어쩌면 아직도 오지
않았다. 대병겁(大病劫)이 연이어 일어나 일체의 목숨을 빼앗는다.
어찌하면 후천개벽의 첫째 목표인 모심의 문화, 모심의 삶의 양
식인 참다운 살림을 찾을 것인가? 그리하여 오늘 달이 천 개의 강
물에 모두 다 다른 얼굴로 비추이면서도 작은 한 먼지 안에까지
거대하고 신령한 우주가 살아 있는 중생만물해방의 대화엄세계
가 이루어질 것인가?

3.

눈 오고
마음 텅 비어

머언 곳
신령한 기운 뻗쳐

나 이제
이곳에 참으로 돌아왔다

선생님
숨어 계시던 이곳
이
水王會
화엄개벽 꿈꾸던 이곳.

며칠 뒤
간다

내 마음이 간다
저 머나먼
북극의
태음

가서
되돌아보리라

그 水王의
고향

좋은 종이 한 장을,
好楷의 가르침을.

멍.

선생님
우리 선생님

난
이제
아무 걱정 없습니다

절대로

울지 않겠고

죽어도
죽지 않겠고

아
살아도
겸손을
결코 잊지 않는 꽃 한 송이로 마침내
저 돌아갑니다

땡이 하고
앙금이가
내 형제요
벗입니다

모두 다 모두 다 그렇습니다.

안녕히 계십시오

제 생일날
삼월 십구일 다음 다음날에

와
다시 뵙겠습니다.

　　丙寅年
　　양력 정월 십팔일
　　호저면 고산리
　　해월 최시형 선생님
　　1898년 음력 4월 5일 12시 피체지 원진녀 생가에 와서
모시고 쓰다

4.

丙寅年 양력 정월 이십일 밤 7시 30분.
바로 이 글을 쓰는 지금이다.
드디어 아이티 대지진 참사와 앞으로 이어서 올 것으로 예상되

는 종말적 대혼돈에 대한 '흰그늘의 산알' 소식과 '산알의 흰그늘' 노래가 천천히 내 머리에 떠오르기 시작한다. 떠오르는 대로 여러날에 걸쳐 쓴다.

1백 21종(種)의 흰그늘의 산알 소식과 그리고 1백 21류(類)의 산알의 흰그늘 노래를 여기에 기록한다.

丙寅年 1月 20日

배부른산 無實里에서

■ 차 례

Ⅱ 산알의 흰그늘 노래

Ⅲ 흰그늘의 산알 소식과 산알의 흰그늘 노래

|

흰그늘의 산알
1백 21종(種)의 소식

丙寅年 1月 20日
배부른산 無實里에서

制度

　오늘 지구를 둘러싼 우주 생명의 대혼돈에 대한 처방에서 가장 먼저 착안해야 하는 것은 제도다. '우주생명학'이라는 이름의 제도가 나타나야 하고 그것은 세 가지로 이루어진다. 첫째 五復勝, 둘째 十五復勝, 셋째 五運六氣論이다.

熱氣

그 다음 중요한 것은 우주생명학에 대한 여성과 신세대의 학문적 열기다. 이 열기 없이는 아이티의 대규모 죽음도 지구와 기후 혼돈의 대붕괴도 전혀 막을 수가 없다.

열기의 첫째 요건은 '생명에의 열정' 즉 일체의 산 것에 대한, 일체의 있는 것에 대한 '모심' 이다. '모심의 세계문화 대혁명' 을 의식적으로라도 일으키는 일이 제도 확립의 지름길이다.

主體

　우주생명학이라는 제도와 그에 대한 정열로서의 모심의 문화
대혁명과 함께 세 번째로 핵심이 되는 것은 그 제도와 혁명의 주
체다.

　그 주체는 셋이다.

　'여성, 어린이, 쓸쓸한 대중' (스스로 몸이 약하거나 사회적으로
소외되어 있거나 스스로 항상 외롭다고 느끼는 다수의 비정규직,
변두리 남녀대중, 또는 수익은 있어도 불행을 느끼는 중산층 남녀
들)이다.

工夫

주체들은 그 제도와 열기를 현실적 실천능력으로 채우기 위해 우선 동아시아 스타일의 생명문화적인 운동과 우주생명학적 수행공부를 할 필요가 있다.

哲學

어떤 운동에도 철학이 필요하다. 생명의 경우에도 물론이다. 그러나 '생명철학'이란 말은 동어반복에 불과하다. 이때 진정한 생명의 철학은 '화엄경'이요. '화엄경의 후천개벽적 실천적인 모심'을 뜻하는 '화엄개벽모심의 길'이다. 이 안에 모든 우주생명학적 살림이 다 들어 있다.

동학 역시 그 실천적 모심, 살림, 깨침의 한 길이요 공부방식이다.

文化

현대는 文化의 시대다. 철학, 종교, 과학이 모두 다 文化 안에 감각적으로 집약, 표현, 구조화되고 역동화, 이미지화, 첨단화되는 시대다. 그 주인공인 여성, 어린이, 청소년과 광범위한 다중 (multitude)이 文化로 인식, 표현, 전달한다.

이 文化는 아시아로부터 전 세계에로 새로운 文化의 발신을 요청한다. 아시안 네오·르네상스이며 그를 위한 흰그늘의 미학이 요청된다.

요컨대 '흰그늘' 이라는 文化의 한 메타포가 필요하다. '흰그늘' 은 고통과 죽음과 질병이라는 명백한 현실을 뜻하는 '그늘' 과 그것을 벗어나려는 희망과 방향과 방법 그리고 그 현실화를 뜻하는 '흰 빛' 사이의 관계를 압축한 文化 개념이다.

傳統

이 일은 세상에서 가장 힘든 일. 생명을 살리고 우주를 위하는 일이다. 인류의 모든 전통 중 값있는 것은 다 기억되고 활용되는 것은 불문가지의 사실이다. 그럼에도 이들 중 가장 집중적으로 기억되고 탐구 예찬되고 현대적으로 날카롭게 실천되고 활용되어야 할 것은 동양, 그 중에도 동아시아의 여러 傳統들이다. 그래서 文化에 있어서의 '네오·르네상스' 앞에 '아시안'이 붙는 것이다. 왜냐하면 아시아의 傳統 가운데 가장 깊고 앞으로의 활력을 많이 선사할 생명과 우주의 진리가 다양하게 감추어져 있기 때문이다.

그 다양한 우주생명학의 진리를 현대화 하는 과정에서 유럽 등의 현대과학이 큰 창의력을 발휘해야 하는데 이 과정의 구조적 원리가 바로 '入古出新'이다. '法古創新'보다 '入古出新'의 창조력이 더 중요시 되어야 함을 강조해야 할 것이다.

疏通

疏通을 단순한 커뮤니케이션으로 보면 백번 실패한다. 疏通은 柳宗元의 '疏之欲氣通(엉성하게 함은 통하려 함이다)'에서 그 접근을 시작해야 하고 기철학과 동양미학의 '소산지기론(疏散之氣論)'이나 불교의 오랜 선법(禪法)인 '여래선(如來禪)'에 관한 여러 해설서에서 새 시대의 소통비결을 찾아야 한다. 또 있다. 유학에서도 참고할 수 있다. '四端 역시 七情의 한 가지'라는 파격적 이조후기 기철학설이나 물론 천지인 本清을 전제하지만 일체의 허튼소리까지도 다 용납한 散調 미학의 경우 등이고 통칭 "呂律"이겠다. 미국 애들은 동양을 훔쳐 이용하고 있는데 우리는 미국 애들만 죽자고 모방한다. 신세대 지식인들의 큰 병폐다. 어찌할 터인가?

오늘의 생명치유는 오늘의 우주소통을 전제로 해야 한다. 치유는 소통이고 소통이 치유다. 그만큼 우주생명학의 시대에 깊이 들어서 있다. 마치 산알이 흰그늘을, 흰그늘이 산알을 부르는 것과 똑같다.

현대적 과학에서 생명학뿐아니라 현대에까지 전승되는 전 인류의 우주적 소통의 수학(數學)이 절대적으로 치유운동에 결합되어야 한다.

컴퓨터와 콘셉터(창조적 발상지원 시스템)는 물론 모든 형태의 새로운 소통에 동원되는 전 인류사적인 우주수학은 곧 그 안에 생동하는 깊은 생명문화와 새롭게 창조적 융합을 이루어야 한다. 바로 이것이 치유로서의 소통, 소통으로서의 치유를 낳는다.

특히 인류전통의 공유 부분인 우주수리 531441 數체계의 원리인 三數複合率과 그 三數구조인 '달, 해, 무한' 또는 '물, 불, 빛'의 원리는 다시금 현대화되고 현실화되어야 한다.

그리고 이 과정은 곧 '태양과 빛(라이브니츠의『세 개의 태양에 관한 전문과학적 상상력』)' 그리고 '달과 물(에밀리아노 포플러의『혹성과 혹성 사이의 물의 존재에 대한 달의 촉발력』)' 과의 과학적 천재와 사라센·이슬람 수학, 유럽 수학, 그리고 중국과 동아시아 및 불교, 특히 화엄불교의 크고 깊은 우주관 사이의 현대적 요구에 따른 큰 융합을 통해서 다시 살아나고 이것이 첨단적인 소통매체의 치유와 전달의 수리적 작품으로까지 발전되어야 한다.

이것은 사실 시급하다.

어쩌면 금융위기보다

훨씬 더 시급한 것이 바로

소통과 치유의 문제다.

우리의 생명이 그만큼 우주화된 것이다.

水王

동아시아 전통과학사상 가운데서도 특이한 것은 한민족의 그것이다. 특히 그것은 인류공통의 생명사상사인 三王位— 즉 天王(하늘), 地王(땅), 人王(인간)의 융합과 통일만으로는 우주생명의 완성과 완치는 어렵고 그 밑에 水王(물, 달, 여성성, 그늘)의 힘과 지혜가 밑받침되거나 도리어 앞서 주도할 때에만 그것이 이루어진다는 사상이다.

그것은 우주생명의 주체가 억압된 부분과 여성과 어린이라는 사상(妙衍)에서 기원하며 이것은 역사적으로 타당한 후천개벽적 정당성을 가진다. 여성과 모성, 물, 달의 시대가 오고 있음에 비추어 水王의 역사, 기능, 그 깊은 비밀을 활짝 열 때가 왔다.

그러나 주의해야 할 것은 水王, 즉 물과 달과 음의 눈부신 역할에도 그늘이 있으니 바로 '물개현상'이다. 여기에 대한 쉬임없는 주의력만이 도리어 水王을 참으로 들어 올리는 길이 될 것이다.

동서양 지혜자들이 이미 수없이 '물'의 비밀스런 중요성을 가르쳤음에도 인간은 이 모양이다. '물'은 조선의 지혜 중의 지혜다. 왜 그럴까? 조선의 사상사, 과학사는 이제부터다.

玄覽

水天 못지 않게 중요한 우주생명의 치유기능은 玄覽이다. '어린이' 다. 모든 삶과 모든 깨달음과 모든 미학의 기본이 바로 玄覽인 것이다. 말에 속지 말자. 그냥 어린이다. 그러나 속에는 없는 게 없는 '육지백판 어린이' 다. 이것이 오늘날의 어린이다.

이것은 누구나 안다. 그 투명하고 텅 빈 순진함, 그럼에도 끊임없는 의욕과 호기심과 약동으로 가득 찬 '어린이다움' 이 가장 강력한 생명과 우주의 비밀이다. 인류사상사 최고 최대의 대경전인 불교의 '대방광불 화엄경' 의 핵심 추제는 바로 어린이다. 어린이의 '無勝幢解脫(거리낌 없는 자유)' 이 바로 새 세계 창조의 열쇠인 것이다.

그러나 玄覽은 조건이 있다. 그것이 바로 〈滌除〉다. 끊임없이 잡티를 제거하는 의식적 노력이 전제되어야 하는 것이다. 이른바 지성지극한 〈모심〉이다. 이 〈척제〉에 직결된 '산알' 의 영역이 있을 것이다.

啐啄

달걀의 비밀을 모르는 이는 없다. 동서양의 모든 지혜와 과학과 천재는 줄탁의 산물이다. 그런데도 우리는 이것을 까맣게 잊었다. 신벌을 받고 있다. 그것이 啐啄이다. 啐猝은 달걀 안에서 햇병아리가 밖으로 나오려고 부리로 껍질을 쪼는 것이고 啄은 달걀 밖에서 그 啐의 부위와 시기와 그 지혜의 수위와 기운을 짐작한 어미닭이 그 부위를 정확하게 밖에서 쪼아 안팎의 일치로 달걀이 깨어져 병아리가 비로소 이 세상에 탄생하는 과정 전체를 猝啄이라 한다. 이것은 흔히 개벽의 비유로 사람과 한울님 사이에, 또는 내밀한 계기와 외면적 조건사이의 필연의 문제로, 특히나 불교에서는 侍者의 禪機와 이를 눈치챈 祖室 사이의 안팎의 喝과 棒 또는 禪問의 해탈문의 계기로 비유된다. 치유는 바로 큰 깨달음인 것이다.

우주생명의 가장 소중한 치유의 기적이 이루어지는 참으로 지혜로운 순간도 이와 같은 것이다. 이것을 생각하고 실천해야 한다.

縹渺

'縹渺'는 '아리송한 불확실성의 아름다움'이라는 뜻인데 일본 철학자 '와쓰지 데쓰로(和辻哲郎)'가 나라의 '백제관음'에 붙인 찬사다.

늘 우리는 세상에 대해 '아리송하다'고 말한다. 잘 알 수 없다는 말이다. 그러나 동시에 '아름답다'고 혀를 찬다. 바로 이 같은 세계, '아리송한 아름다움'이거나 '혼돈스러운 의미심장함' '술 취한 듯한 깨달음' '불가사의한 필연성' '광활한 아기자기함' 등의 미학적 표현이다. 창조적 진화와 대화엄세계의 성취과정과 같은 선뜻 이해 안 되면서도 조화로움 같은 세상의 오묘함을 이해하거나 느낄 때의 표현이니 '표묘'의 감각이 곧 포괄적 치유의 한 과정일 것이다. 그리고 새로운 세계, 세계의 새로움의 감각이니 개벽적 느낌일 것이다. 이것이 반드시 필요하다. 인류는 이제 논리나 이치나 도그마로 세상을 재단하는 버릇을 훌쩍 넘어설 때가 된 것이다. 치유는 바로 '철듦'이다.

蒙養

蒙은 태고 무법이고 무구천지이니 영겁불변의 삼천대천 세계 그 자체다. 養은 그것을 확연히 인식하면서도 있는 그대로 받아들여 수정하거나 개수하지 않고 옮겨 실천하는 태도다.

몽양은 먼저 명나라 말의 승려화가 石濤가 시작한 화엄산수화의 개벽적 일획법에서 나왔다.

이제 몽양은 우주생명학과 심층무의식의 시대에 그 총체성 즉 '不移(화엄)'를 체현해야만 살 수 있고, 하되 '移(개체성)' 안에서 '개체융합' 즉 '各知不移(동학의 모심(侍)의 내용 — 현람성)'로 정말 실현하느냐에 사느냐 죽느냐가 달려 있다. 비밀은 一劃, 一劃은 玄覽이며 玄覽은 곧 모심에만 살아 있다. 一劃은 쉽게 말해서 순식간에 단 한번으로 전체를 그리는 화엄선(華嚴禪)의 필법(筆法)이다.

화엄개벽의 실현이 중생해방이고 그것이 곧 세계나 세계 자신을 확연히 인식하는 대해탈이다. 이것 없이는 살 수 없다. 몽양이 곧 산알이다. 이제 우리는 한 승려 예술가의 화론에서 우주생명학이라는 새 시대의 날카로운 새 과학을 찾아내야 할 그런 위기의 시대에 살고 있다. 어디 石濤뿐이겠는가? 김영주 저술의 『신기론(神氣論)의 미술사, 예술사』에서는 옛 동아시아의 예술이론, 미학이론 안에 엄청난 우주생명학의 씨앗들이 퍼렇게 살아 있음을 깨닫게 된다. 몽양은 이제 오늘의 해탈법이고 치유법이다.

個修

이제까지의 여러 이치나 산알들은 각자 각자 혼자서 수련해야 한다. 혼자 수련하지 않으면 소용없다. 산알은 독특한 개체성, 개성을 갖고 있다. 우주생명은 개체 안에 압축되므로 個修해야 〈산다〉. 생명은 개체 개체의 신성한 요인들을 갖고 있다. 이것들이 명심하고 반드시 제 나름나름으로 수련돼야 한다.

따라서 집단적, 집체적 수련은 치유에 명백한 한계가 있다. 그 한계 안에서도 상대적 호전은 물론 가능하겠다. '화엄개벽 모심의 길'의 개인적 수련방법이 앞으로 나타나겠지만 우선은 강한 개인적 요청이 있어야 한다. 강렬한 내적 갈망 자체가 이미 진정한 수련의 시작이다.

好好

산알의 치유과정과 그 효과의 특징을 한마디로 집약하는 것이 好好다. 좋을수록 좋아지고 좋아야 좋아지고 좋아지지 않으면 점점 더 좋아지지 않음을 뜻하는 옛부터의 동아시아 의학상식이다. 그러므로 좋아지면 좋아진다고 자꾸 생각해야 된다. 쓸데없는 의심이나 비판은 도리어 산알의 생명성에 위배된다.

利不心素

치유의 이익은 마음을 늘 비우는데서 오지 않는다는 원칙이다. 마음이 텅 비면, 또 비우려고 애쓰면 몸이 좋아진다는 원칙은 도리어 장애물이다. 왜 그런가. 옛날에도 그렇지만 더욱이 지금과 같은 후천개벽시대는 죽지 않는 생명체가 나올 만큼, 또 박테리아 수준의 뇌세포가 활동할 만큼 마음과 생명, 우주와 생명의 상관관계가 예전에 우리가 전통적 의학상식으로 생각하던 것과는 엄청나게 다르다. 이제 이러한 원리 변경을 공부하는 것이 또한 우주생명학 등이다.

이런 지혜들이 난데없는 종교적 수련이나 특이한 계시 따위에 의해 엉뚱한 소리를 듣고 돌아난 것이 전혀 아님을 명심해야 한다. 오늘의 급변을 두고 철저히 '입고출신(入古出新)' 해야 얻을 수 있는 신과학적 결론인 것이다. 조선의 깊은 선도 풍류의 생명의 지혜가 중국의 주역을 둘러싼 여러 고전적 우주관에 결합되어 나타난 '참동계(參同契)' 따위 등을 철저히 참고하여 드러나기 시작한 새로운 과학적 결론임을 잊지 말라.

改心寺

　마음에 절을 짓는 다짐으로 삶의 태도를 바꾸어야 한다는 뜻이
겠다. 마음에 절을 짓는 일은 어려운 일이다. 그 만큼 마음 바꿈
즉 離世間(불교), 世間衆人不同掃(동학)를 결심해야 한다는 것이
니 함께 어울리고 얼렁뚱땅 섞이는 것은 도리어 생명에 이롭지 않
다는 것이다. 이것이 현대진화론에서도 강조하는 '개체융합
(identity-fusion)의 원리이니 '모두다 따로따로(月印千江·불교)'
'자기 내부의 우주적 융합을 자기 나름 나름으로 깨닫고 자기 스
타일로 실현하는 것(一世之人 各知不移·동학)'이고 또한 이 개
벽과 화엄시대의 명백한 흐름을 각자 각자가 자기 스타일로 밝힌
다(明明其運 各各明·동학)라는 이치 곧 '산알'의 이치다.
　그래서 지금 바야흐로 대종말에 이르러 세상 사람이 모두 제 이
익만 밝히기 시작하는 것이다. 꼭 악당이고 말세만이 아니고 모두
다 똑같다. 자기만 생각한다. 그러나 그 대신 제 안에 숨은 새로운
화엄세상(月印千江, 一微塵中含十方)의 참다운 이치를 자기 스타
일로 실천해야지 그저 제 이익만 밝히려 들면 소문도 없이 죽는다.
즉사다. 이것이 또한 '산알'이다. 산알은 동시에 죽임이기도하다.
　왜?
　산알 자체가 곧 月印千江이니 어쩌랴. 이 말이 기이하게 느껴진
다면 명청(明清) 시기의 중국 서역에 유행하던 화엄선의학(華嚴禪
医學) '시공종(時工宗)' 등 우주생명학의 실용적 민중의학의 단초
를 잘 살펴보라. 그리고나서 쓸데없는 시비는 거두라. 거두어야
산알이 온다.

豪料

　좋은 이부자리 즉 푸근하고 두툼하며 푹신푹신한 이부자리에서 자도록 노력해야 한다. 사람 몸이 달라지고 있고 그만큼 이부자리 만드는 솜이나 기타 옷감 등에 이상한 성분이 나타나고 있다. 변질현상이다.

　신경 써야 한다. 특히 밤에 그 변질이 심해진다.

　밤 자체가 크게 변하고 있다. 옛날의 밤이 아니다. 아무데서나 아무렇게나 자는 것이 결코 잘난 것도 겸손도 미덕도 아님을 명심해야 한다.

食大

많이 먹어야 한다. 몸이 달라지고 있고 식료품이 공급하는 영양의 량이 예전과는 그 비율이 전혀 다르다. 중요한 것은 그 양이 아니라 그 질인데 그 질 중에도 중요한 것은 산알이 형성되는 과정의 핵심요소인 사물 특히 농산물, 해산물, 또는 고기 등속(等屬)의 안에 있는 〈정신성〉(예컨데 산성 테라니우볼이나 아르곤, 드라볼리움 등 전신뇌세포의 고도의 관념 형성기능)이다. 많이 먹어야 그것도 많이 흡수할 수 있고, 지금은 그 성분 배정이나 함유도에 있어 까다로운 특이한 과도기인 것이다.

조금 먹는 小食이 건강 비결이라고 믿는 사람들은 대체로 만성 피로증에 시달리는 것이 현실이다. 적게 먹어서는 에너지뿐 아니라 기본 체력도 유지 못한다. 지금이 후천개벽이라는 이름의 생명력 대변동기임을 잊지 말아야 한다.

流糞

어쩔 수 없이 싸는 설사가 아니라 물을 많이 마시고 국물 많은 음식을 먹어서 물컹물컹한 인공 설사를 자극하는 게 좋다. 인체 내의 조건변화는 옛날처럼 딱딱한 밥을 소화해야 몸에 좋다는 시절은 이미 아득히 갔다. 지금은 유체상태의 음식물이 몸에 좋다기보다 무난하다. 안 그럴 것 같지만 그렇다. 위의 食大와 함께 流糞 등은 체험이나 수련의 결과만이 아니다. 동서양의 여러 의학적 지혜, 특히 黃帝内經이나 四象醫學, 옛 조선의술의 토착적 지혜들은 여러 곳에서 가르치고 있다. 문제는 지금과 같은 생태, 기후, 식생활, 신체변화와 정신생활의 조건 안에서 그렇다는 것이니 그 조건을 감안해야겠다.

治貧

    그러나 때로는 온몸이 뻑뻑하고 무거울 때에는 가볍게 하기 위해서, 온몸을 치유하기 위해서 도리어 밥을 거의 안 먹거나 영양을 거의 피하는 방법이 필요하다. 왜냐하면 너무 많은 음식물 섭취가 체량의 요구보다 지나쳐서 생기는 과포하는 굶는 방법 밖에는 치유방법이 따로 없는 것이다. 전통 동아시아 의술용어에서는 治貧이라 한다.

民盲

이상한 용어다. '백성의 장님'이라니! 그러나 참뜻은 '여러 사람 비위를 맞추지 말고 특히 공중의 도덕을 기준으로해서 삶을 살아가려는 집단주의적 도덕을 근원에서 재검토하라는 것이다.' 거의 똑같은 뜻이 노자의 여러 곳에 나타나고 한대의 기선(氣先)한 시인 '맹확(孟擴)'의 시와 논설에, 심지어 사마천의 사기(史記) 안에도 보인다. 옛 사람의 글이 다 옳을 수는 없다. 그러나 무엇인가 생각해야 할 것이 있다. 왜 그럴까?

이미 신종플루에서 보았듯이 감기성 질병의 전염가능성은 이미 가능성이 아니라 병의 특성 그 자체다. 따라서 이런 종류의 전염성 호흡기질환이나 수질오염 등은 이미 사회적 질병이다. 사회성 자체가 병의 원인이 된다는 것이다. 그런데 이 질병은 앞으로 거의 일상화 될 것이다. 따라서 인류 삶의 사회성 자체에 큰 수정이 와야 한다. 이것은 거대한 숙제요 불가피한 명제다. 이론의 여지가 없다. 그래서 후천개벽이라고 부르는 것이다. 절충이니 수정 따위는 없다. 어찌할 것인가?

옛부터 民盲의 삶의 패턴이 있었다.

그 성리(性理)가 4천년 전의 山東省의 伏羲氏다.

굴 속에서 여자와 어린이하고만 살았고 그 뒤 물에서도 독립적인 배를 저어 民盲의 삶을 영위했으나 書契와 結繩에서는 결코 그 이후와 같은 群集이나 村落공동체, 집단 농업 따위 共産을 지시하지 않았고 극도로 제약된 소수의 共生(예컨데 린 마굴리스의 內部共生, endosymbiosis—互惠) 또는 '個體-融合'(identity-fusion)

이나 '품앗이' 같은 극히 제한된 모듬 만이 伏羲易的 삶에서는 가능하였다. 현대 생태학이나 진화론에서도 이 방향이다. 신세대의 삶의 방향은 철저히 '방콕의 네트워크(방에 저 혼자 콕 박혀 사는 개체들의 몇몇의 연락망)' 이다.

세상은 이제 크게 변할 것이다.

학교, 직장, 모든 모임, 집단행동은 마땅히 바뀌어야 하고 감성이나 표현, 소통도 어쩔 수 없이 모두 바뀔 것이다.

그렇지 않으면 전염병에 의한 떼죽음이 있을 뿐이다. 民盲은 老子의 이른바 '民自化' 다. 즉 '和白' 과 같은 직접민주주의다. 民이란 자각 없이 民이 스스로 세상을 직접 통치함이니 그 앞에 我無存 즉 지식인의 간섭이나 지도가 없어야 한다는 것이다. 재작년 초기 첫 '촛불' (4. 29~6. 9)이 바로 그것이다.

過密超留

　인구 밀집된 조건에서 살긴 살되 철저한 도시화의 형태가 아닌 생명결정성 사이의 충분한 거리가 유지되는 생태적 건강상태 보장조건에서 살 수밖에 없다(예컨데 베트남).

過疎開活

과소상태이지만 중요한 생명 생성의 핵심 포인트들(물, 산, 식물 식생계 등)은 엄밀히 갖추어진 조건에서 살 수밖에 없다(예컨대 캄챠카).

生器

'삶의 그릇'이란 옛 용어가 있다. 무엇을 뜻하는 것일까? 사회 제도인가? 아니다. 생산시스템이나 생활원리인가? 전혀 아니다.

그렇다면 무엇인가?

바로 '장터' 즉 '市場'이니 五日場이나 神市, '비단 깔린 장바닥'이란 말로 묘사되는 옛 시장이다. 이른바 '호혜, 교환, 획기적 재분배'의 시장이다.

自利利他와 自然 生態系에의 배려, 同塵不染이나 入塵垂手와 같은, 장사는 하면서도 지나친 탐욕(개인적 초과이윤)은 멀리하고 호혜를 교환 속에 객관화하고 재분배를 획기화(세목화)했던 옛 우리 조상들의 '산 위의 물' 즉, 숫대장터다.

그래야 비로소 '삶의 그릇'이 되었던 것이다. 오늘의 가격 다양성, 협의가격 등은 그 잔영에 불과하다. 이것이 실현되지 않으면 인간은 실질적(경제적)으로 사는 듯이 살 수가 없다. 살아도 죽는다. 바로 그래서 이 장터를 '산알장'(북쪽 함경도 인근의 한 지방 용어, '살아 있는 알맹이 장터'의 뜻이겠다. 또 옛 마한땅인 전라도에는 '별장(별 뜰 때 열리던 새벽 벼룩장)'도 있었다. 다 같다. 다름 아닌 '산알로서의 경제'다. 이것이 '삶의 그릇'이다. 요즈음 일본의 대유행인 재래시장 '아메요코'도 그것이다.

五德

불교식으로는 菩提心, 理, 智, 慈, 悲의 五德을 갖추갖추 현대적 지혜와 지식으로 체계화하고 체질화, 생활화해야 하며, 유교식으로는 金木水火土의 五常을 五皇極으로 우주생명 속에 체계화, 현실화하여 지구와 사회의 질서를 세워야 한다. 이것을 현대의 서구 과학과의 융합을 통해 근현대적 우주생명과학으로 현실화해야 한다.

七情

동아시아 性理學이 내내 전전긍긍하던 四端七情의 문제에서 그 七情의 감정과 감수성의 세계가 합법화된 것은 옛날이다. 그러나 참으로 그것이 합법화된 것일까?

그것은 편법적 인정일 뿐, 실질적으로는 不道德한 방종으로 생각되는 것이 심층원리의 영역 풍경이다. 실질적으로 합법화되어야만 "산알"이다.

어떻게 하는가?

四端 즉 '仁義禮智'와의 참다운 융합에 의해서만 가능하다. 원주에서 살다죽은 이조 기철학의 태두 任聖周의 누이동생 任允摯堂은 당시(정조때)로서는 일대 폭탄발언인 '四端은 七情 중의 하나일 뿐이다'가 있었지만 현실에 있어서 어떻게 그 융합은 가능한가? 水雲 崔濟愚의 제의를 심사숙고하고 현행의 윤리 도덕 기준으로 합법화하는 길이다.

仁義禮智 先聖之所教
守心正氣 唯我之更定
(인의예지는 옛 공자의 가르침이니 존중하되 마음을 지키고 기운을 바르게 함(고조선 이래의 한민족 선도의 가르침으로써 사단에 입각한 칠정운용)은 내가 다시금 원칙으로 정하는 바이다)

문제는 仁義禮智를 大慈大悲안에서 포괄하고 守心正氣를 七情

의 실천적 통어가능으로 총괄하는 문화혁명, 모심의 세계 문화대혁명을 여성, 어린이, 쓸쓸한 대중과 중생들을 중심으로 추진하여 이를 아시안 네오·르네상스와 화엄사상을 중심으로 세련화, 습성화하는 대개벽을 〈모심〉 중심으로 실천하는 운동이다.

그렇지 않으면 지금의 원리적 분열을 극복 못하고 대혼돈을 대응못하며 중생만물의 현실적 대해방을 결코 가져 오지 못한다.

辨證法 극복

변증법을 잘못된 철학이다. 인류 초기 사유의 오류의 잔재다. 즉, 合을 正反과 똑같은 드러난 가시적차원에서 보았고 또 희망했고 또 그렇게 조작하려했다. 결과는 合이 결과가 아닌 목적이 되고 과거와 미래의 진행에 대한 강압과 지배로 둔갑했다. 조직이 조작이 되고 빅·브라더가 철학에 등장하게 된다.

'산알' 은 북학 경락학자 김봉한의 과학적 노력에 의해 그 復勝이론을 통해 바로 이 변증법이라는 인류 최고 최대의 범죄적 오류 극복의 신호탄이 되었다. 심층의 숨은 비가시적 차원으로부터의 개벽적 출현이나 해탈적 깨달음, 또는 充擴一擴充法, 그리고 모심과 향아설위의 축적순환의 차분한 삶과 영적인 수행에 의해 '산알' 이 출현함으로써 엉터리 변증법이라는 외삽법(外揷法)이나 마뉴플레이션(munipulation, 告作術)을 넘어설 수 있게 되었다. 따라서 '산알' 은 평상시에 습관, 중독이 된 삼진법과 변증법을 항상적으로 스스로 경계하고 넘어서려는 노력을 통해서 마련되는 정신, 신경, 생체적 진행과정이 된다.

唯物論 극복

유물론이 한때 철학이나 과학이었던 때가 있었다. 인류 정신사의 미망기 현상이다. 유물론이 철할일 수 있는가? '산알'은 그저 '핵산 미립자'일 뿐인가? 핵산 미립자라는 유물이 어떻게 인간 정신과 신경과 생명을 치유할 수 있는가?

이것을 해결하는 것이 '질적 비약'인가? 이미 그것은 '외삽법'이란 '망상'으로 판결난 지 오래다. 아직도 유물론은 생태학의 한 철학이다. 그러나 유럽 녹색당은 실로로 〈끝〉이 난 것이다.

또 코펜하겐 회의는 실질로 〈파산〉된 것이다. 유물론을 성립시키는 최종근거인 관찰, 판단의 기준으로서의 감각, 그 중에도 가장 정확하다는 시각이 얼마나 많은 오류와 혼미의 범벅인가?

불교적 의식층위로는 6식, 7식에 불과 하다. 8식, 9식, 10식, 11식, 12식, 그리고 최근에 문제가 되기 시작한 우주생명학적 심층의식인 13식―14식―15식은 어찌할 것인가?

망상일 뿐인가?

'산알'은 그런 유물론적 유럽 지식인에게 망상에 지나지 않는다. 그러나 유전자 게놈 지도 안에도 수 없이 많은 그런 형태의 망상층위가 있다면 어찌할 테인가?

저 유명한 공산주의자 루이·알튀세르는 '착각도 사실'이라는 유명한 말을 남겼다.

망상도 커다란 인식 안에서 한층위다. 시각 역시 인식기능인데 십이식, 십삼식도 인식일 때에만 인류는 살 수 있다. '산알'이 무엇인지, 그 체계에 연결해서만 유전자 게놈의 아리까리한 그림자

부분이 수습 해명하기 때문이다. 인간은 우선 유물론부터 똑똑히 인식하기 시작해야 한다. 그래야 목숨이 산다.

위로부터의 機制와 아래로부터의 機制

산알은 위로부터의 기제(로제·슈페리)라고 파악하는 일본인이 있다. 틀렸다. 그러나 그럴수도 있다.

산알을 아래로부터의 기제로 인식한 서구인이 있다. 그럴수 있다. 그러나 틀렸다.

산알의 논리는 정확히 '아니다. 그렇다(不然其然)' 이니 불교의 '사리' 가 '色이면서 쏫이고 쏫이면서도 色인 것과 같다.

'위로부터' 니 '아래로부터' 니 하는 구분법 자체가 인류정신사의 한계다. 그런 구분으로 무엇을 어떻게 제대로 알아내겠는가? 전혀 다른 범주개념이 필요하다.

바로 그것을 찾는 것이 동아시아적 '화엄개벽 모심의 길' 이기도 하다.

'산알' 이라는 생명문제 의식에서부터 이같은 인류문명사 자체의 근원적 문제 영역 해결로에 성큼 나아가야 한다. 그래야 '산알' 이 과연 무엇을 뜻하는지 알게 된다. 근본적으로 묻자, 위가 어디고 아래가 어디인가?

天動說 地動說이 무엇인가?

지구는 둥글다. 왜 둥근가?

'산알' 은 지구처럼 둥근 원만체다.

원만하지 않으면 산알은 없다.

流離體

유전자 이론에서 '유리체 명제(Glasstheme)'는 거의 비밀에 가까운 핵심 원리일 것이다. 따라서 그 이름 또한 늘 가변적이다.

가변성과 함구령은 서구 자연과학 특히 생명과학의 전유물이다. 그만큼 상품가치가 높다는 뜻이겠다.

그러나 이 유리체 명제 뒤에 작용하는 기이한 신비주의를 알고 나면 마치 미국 뇌학계의 컴퓨터 이론 배후에 도사린 수많은 불교 인식론 특히 中觀論과 二進法 구조의 역활을 생각나게 한다.

알게 모르게 유럽과 미국 과학은 동아시아의 심층 지혜를 차용하고 있는 것이 사실이다. 틀렸는가?

그 노골적 증명이 일본 과학계의 심층 정보들이다. 틀렸는가?

유전자이론, 게놈 프로젝트에서 '유리체 명제'가 무엇인지를 밝힐 필요가 있다.

어째서 유전자의 프랑스 전문가 '로르루엔 씨앤'이 유전자 이론을 '초보적 수준'이라고 단정 하는지 그 까닭을 알아야만 그로 인한 '에코, 히틀러'의 '홀로코스트'를 예방하고 도리어 '산알' 과 '사리'의 우주생명학 안에 현단계까지의 서방적 유전자 이론, 통섭, 중추신경계이론, 게놈이론 등의 노력을, 비록 망상적 유치증 상태라 하더라도, 건강한 생명학 안에 통합해서 〈전향〉시킬 수 있을 것이다.

에코 파시즘은 〈전향〉 밖에 대응방법이 있다. 그것은 그것보다 우월한 사상적 우월성 밖에는 다룰 길이 없다. '산알'이 그 우월성을 증명해야 한다.

도대체 〈유리체〉, 〈유리〉가 무엇인가?

이제 그 이야기를 조금 해보자.

유전자와 시간, 유전자 게놈과 계절

　유전자, 게놈 등에 관해서 미국·유럽·일본에서의 본격 연구자들의 비밀 테마 안에서 초기부터 지금까지 계속해서 은밀히 흐르고 있는 중심 영역은 유전자 또는 그 총체적 집단적 생명성 안에서의 시공(時空), 즉 시간성과 공간성의 문제다. 종교적인 표상 개념으로는 하늘(天)과 땅(地)이겠고 과학적으로는 〈정신신경축적계수〉와 〈육체적 물질기억체계〉 사이의 관계일 것이다. 이것 없이 유전자도 더욱이 게놈은 없다. 그런데 바로 이 두가지 상반된 계수가 하나로 통합된 영구적 성질로 관측되기 시작한 펙타가 바로 〈유리체(流離體)〉다. 연구자들이 어찌보면 영구불변의 항속적, 집단적 성질을 게놈이 갖고 있다고 확신하고 심지어 개체 유전자까지도 제한된 범위 안에서 영구적 성질을 갖는다고 믿게 한 것이 바로 이 〈유리체〉다.

　〈유리〉란 중국 상고대 부터의 신화적 개념으로서 天地융합의 不變의 恒體의 상징이다.

　바로 이 유리에는 시간의 변화와 공간의 무상한 다양성이 있으되 작동하지 않는 것으로 표상된다. 마치 물질로서의 유리와도 같이.

　그러나 과연 믿음과 같이 그러할까?

　이 유리체 관념이나 유리체 명제에 이르면 유전자 과학이 사실상 굉장히 신비주의적인 관념적 체계라는 소리가 쏟아지게 된다.

　그래서도 이 부분에 관해서 가변적 대답을 늘어 놓거나 아니면 철저히 함구령을 지키는 것이다.

그런데 그렇다면 유리체의 항구성, 불변성은 과연 그들의 신비적 믿음과 같은 총체성, 우주성인가?

여기에 가장 큰 함정이 있다.

그렇지 않다는 것이 바로 일본의 관련 학자 '가쓰에 미로씨(加明敬夫)'의 '단편적·부분적'이라는 날카로운 지적이 따르는 것이다.

그렇다면 유전자 안의 시간은 어찌되며 게놈 속에서의 계절변화는 어찌되는가?

만약 시간과 계절 변화가 스며든다면 항구성, 총체성, 전면성이 있을 수 없고 그럴 경우 지도니, 9개국 프로젝트따위 망상이 가능하겠는가? 무엇으로 그런 망상을 팍툼(factum)화 할 수 있는 것인가?

작은 가능성이라도 있는 것인가?

여기에 또한 프랑스의 '죠세피니에' 로르루앤 '씨엔'의 한마디가 있다.

'가능성이 없지는 않다, 그러나 그들이 주장하듯 그처럼 전지전능할까? 물질 안에 여호와가 살고 있는 것인가? 현대 유럽과학의 기상천외한 촌스러운 신비주의라 할 것이다.'

역시 일본의 '세계라노하타(世慧羅の端)'의 말이다.

'어불성설이다. 망상부터 버려야 한다. 그리고 총체성, 집단성이 생명 안에 있다면 예컨데 불교 교리나 깨달음. 그리고 고통과 죽음, 진통과 질병은 생길 수도 없고 꽃이나 식물 등의 개체성, 수많은 다양성은 불가능한 것이다. 유리체 명제부터 망상을 깨야 한다.

결론은 나왔다.

그렇다면 작은 가능성이란 무엇일까?

그리고 그 작은 가능성은 산알을 찾은 인류에게 작은 도움 같은 것은 줄 수 없을까?

이제 그것을 찾아 약간의 행보를 아끼지 말아야 할 것 같다.

어디 부터인가?

유전자 자체

최초의 유전자 연구는 대뇌중심의 '複層因子(complex factor)' 연구로부터 출발되었다. 그것은 이른바 '신'과 연관되는 깊은 영성 즉 심층 무의식과 육체나 물질적 감각체험과 연결된 신경관계와도 조금은 거리가 있는 반복, 유사성, 연장, 관습성, 태생적 동일성, 동질성 등의 복합적 인자들에 대한 연구에서부터 유전적 성질이라는 거대한 주제로 발전한 것이다. 거기에 심층 무의식이나 영성, 또는 반대로 육체적, 감각적 신경 체험의 독특한 영역이 결합되지 않은 것도 아니었다. 물론 그런 요인들이 복잡하게 얽힌 것이다. 그러나 중요한 것은 지금까지도 역시 바로 그 중심에 있는 complex factor 즉 '복층인자' 다. 이 복층인자의 치유는 다른 생체(아들이나 이웃 등)에서의 복층성(반복, 유사성, 연장, 관습성, 태생적 동일성, 동질성 등)의 재발을 막을 수 있다. 그러나 한계가 분명한 것이다. 이것이 너무 과장된 것이다. 문제는 인간내부의 근원적 유전인자 연구에 대한 지나친 감격과 놀라움이 그 깊이가 없이, 그 능력과 효과에 대한 과장된 기대를 만들어냈을 뿐이다. 그러므로 그 기능이나 영역을 참으로 겸손하게 제한하는 엄격한 과학적 노력이 동아시아 경락학이나 동양적 생체 연구들(침, 뜸, 부황이나 약물치료 등, 또는 단전 호흡과 같은 치유 방식 등)과 연계하여 그 개체성, 개체적 원인 등의 성실한 연구결과와 연계된다면 좋은 치유효과를 산출할 수 있게 된다는 긍정적 관점들이 여기저기서 일어난다. 이것까지 무시 할 수는 없다. 다만 과장이나 망상, 흥분이 비과학이고 비문화라는 비난을 우선 받아들여야 할 것이다.

통섭론의 맹점

바로 게놈망상은 통섭(concielience)이라는 과학적 환상으로부터 시작된다. 미국 다원주의 사회 생물학의 에드워드 윌슨의 불충분한 과학이 만들어낸 야심일 뿐이다.

통섭론의 극복은 동아시아 생명학의 등장으로부터 일 것이다. 문제는 통섭론이 다윈 이후의 전체주의적인 種中心의 진화론, 에코·파씨즘의 일괄주의적 유혹에서 비롯 됐다는 점이다. 그야말로 산알과는 반대다. 산알은 그 자체로서 매우 개체적 생명요인으로 가득차 있음에도 독특한 세포를 다량으로 생산해 낸다. 반대로 그 세포들이 도리어 산알로 충입(充入)되기도 한다. 이 점이 앞으로 깊이 연구되어 생명학에서의 개체성과 전체성 사이의 생동적인 연관성이 탐구되고 확대되어야 할 것이다.

통섭론이나 유전자 게놈이론은 그 망상이 지나쳐서 온갖 문화이론이나 전세계의 과학, 종교에 까지도 간섭하려고 든다. 매번 망상임이 증명되고 파탄되면서도 끊임없이 반복된다. 이것은 과학이란 이름으로 저질러지는 현대적 〈정신병〉이다.

철저히 대응해야 한다. 그러나 부정 일변도가 아닌 그 긍정적, 적극적 측면을 도리어 더 잘 보고 강조하므로써 그 부정을 일체화해야 할 것이다. 바로 이점이 또한 산알의 문화론, 과학사상의 참길이 될 것이다. 산알은 불교의 사리처럼 하나하나가 다 다른 개체적인 것임을 우선 명심해야 한다.

마치 화엄경처럼 月印千江이다. 그러나 동시에 一微塵中含十方이니 한 산알 안에 우주가 다 살아 있다. 즉 철저한 "개체 속의 전체"다.

이 우주생명학이야말로 유전자 게놈이론에 대한 가장 효력적 대안이 아니겠는가! 그리고 산알 경락학의 방법적 흐름의 구조가 유전자 게놈의 그나마 효과 있는 나머지 생명치유력을 전향적으로 해체활용할 수 있는 근거가 아니겠는가!

印指穴

본디 중국와 한국의 단전치유나 수련에서 사용된 것이나 이제는 일본에서만 사용되는 의학용어로 유전자나 경락학, 분자생물학, 단전치유 등에 복합적으로 연계된 특수분야다.

일종의 외단전 혈자리인데 통상의 전통적 단전수련이나 호흡법으로는 간여할 수 없는 것으로 인정돼 있다. 왼쪽 옆구리와 배꼽근처의 특수한 혈자리로 인정되기도 하고 또 부정되기도 한다.

그러나 인정하는 측에 의하면 生体內의 독특한 영양소 흐름이 지나는 통로로서, 특히 性관련 유전특성을 지닌 영양통과 혈자리로 인식하고 그곳에 예컨데 관심을 집중하거나 호흡조정을 하면 몸전체를 균형잡는데 이점이 있다고 한다. '산알' 효과로 볼 수 있을런지는 아직 의문이 있다.

關型穴

이 역시 잘 알려져 있는 혈자리로서 왼쪽 겨드랑이와 갈비뼈 인근의 새로이 나타나기 시작한 혈자리와 유사하다. 혈자리라기보다 그 비슷하다는 점에서 穴名이 붙은 일본단전학계의 특수부분에서만 운용, 거론한다. 그러나 이것이 산알 효과가 있다는 점은 동의된다. 즉 심층경락, 기혈 밑에 포치한, 내단전에 유사한 작용을 하는 부위라는 것이다. 관심이나 호흡 대상은 아니고 침, 뜸의 대상이 아닐까 생각되는 정도다. 이 역시 분자생물학이나 유전자 연관 연구에서 드러나고 있다.

裏面外穴

    등쪽에 体外부분의 혈자리 형태의 최근에 나타난 일종의 混沌部位로서 역시 유전자와 관련이 있는 것으로 나타난다. 이 역시 등 전체의 혈액순환과 관련이 있는 것으로 짐작되며 산알효과가 있을 수 있는 것으로 짐작만 되고 있다. 실험은 아직 이루어지지 않고 있다고 한다. 다만 물의 체내 고갈과 어떤 관련이 있는 것으로만 짐작된다.

透過內穴

일정한 혈자리가 아니라 투명한 통로 비슷한 데 기능이 혈자리 비슷한 것으로 역시 유전자 관련 분자생물학 발견 부위다. 이 또한 산알효과가 있을 것으로 기대되는데 혈부위 내부로 roll-in, 말려들어가는 과정에서 산알 비슷한 미립자 형태를 보인다.

應心穴

심장 주변에서 새로이 발견되는 심장고동에 따라 출몰하는 기이한 혼돈혈로서 역시 산알 효과가 있는것으로 기대되는 심장보조기능의 한 가지일 터이다. 유전자의 일종기능인 것으로 기대된다.

Enchorgie Bohm

酸性 분비체로서 腦內部의 일종의 산알 형태라고 한다. 어떤 기능인지는 정확치 않으나 긍정적 작용을 하는 것으로 보이고 腦의 酸性 活力素로서 강한 작용을 할 수 있는 산알로 짐작된다.

일본에서 일하는 독일인 Bohm의 발견물이라고 전해져서 이름을 당분간 Enchorgie Bohm이다. '활성소, 보옴' 의 뜻.

Barchie Enkora

이태리 용어다. 산알과의 관계는 미지수이지만 무슨 짐승의 침 (타액) 같은 분비물이 사람의 어금니 근처에서 나온다. 이 분비물이 나오면 음식이 맛있어지는 특수작용을 한다고 한다. 긍정적 작용으로 평가되며 로마의 몇몇 병원이 최근 생명의 긍정지표 즉 화이트 홀로 분류한다고 한다. 따라서 人體도 새로운 차원으로 진화하고 있다는 생명긍정의 조짐으로 보인다. ("짐승 같은 양분"의 뜻)

Orgie Übrie

‘위블리 흥분’ 이라는 뜻으로 베를린의 위블리라는 의사가 짚어 낸 이상한 인간 生体의 앙분 상태에서 이 흥분이 시작되면 의기소침 상태나 밥을 잘 못 먹는 상태에서 벗어나 매우 강한 활력을 갖게 되는데 이 흥분은 기이하게도 잠을 많이 잔 날(잠을 잘 못드는 사람 경우) 아침에 일어나기 쉽고 한번 시작되면 2주씩 가는 “흥분제” 노릇을 한다는데 그 효과가 일시적, 부정적인 것 같지 않다는게 위블리 등 전문가들의 최근 견해라고 한다.

經度

흔한 말이다. 우주나 지구, 또는 세상의 이치 이야기다.

그러나 요즘의 經度는 緯度에 대한 經度를 특별히 지적하는 경고용 개념 용어다.

經度의 반응에 유의하라는 과학적 경책이다.

왜?

經度의 대변동이 진행되고 있기 때문이다.

赤道와 黃道의 일치, 春分과 秋分 中心으로의 지구 기후의 중심 이동. (夏至·冬至 중심에서 春分·秋分 중심으로의 이동은 赤道와 黃道의 일치와 함께 온다). 또 晝夜平均 즉 낮과 밤의 길이가 똑같아지는 현상.

이미 지구 자전축의 북극태음복귀(2004년 인도네시아 쓰나미의 원인) 때에 북극 동토대가 녹고 대빙산이 해빙되면서 동시에 적도와 케냐에는 눈이 내리고 "비비컴, 나르발라돔, 하이에(이랬다 저랬다 변덕스런 날씨)"이 현상이 일어난다. 이것이 정역(正易)에 의하면 大閏朔로서 4천년 유리세계의 시작이고, 365일 1/4의 태양력 주기의 윤달이 없어지고 360일 正曆이 서는 때다.

이때에 赤道와 黃道의 일치가 일어나는 것이다.

이미 정역은 지난해 2008년 양력 7월 22일의 동아시아 大日蝕을 大閏朔로 본다.

태양열의 냉각, 태양흑점의 장기간 저미 상태 등이 그 증거다. 달에 물의 벨트가 나타남이나 여러 화이트 홀 지표 발생도 그렇다.

그렇다면 이 같은 우주변동이 생명변동을 동반하지 않을 까닭이 없다.

바로 그것이다.

緯度의 이같은 대변동에 대한 經度의 변화를 주의하라는 것인데, 經度의 최대의 변동이 곧 이미 시작된 地球軸의 대이동이다 (중앙일보 2010년 3월 3일자 보도, 나사의 공식 발표 내용). 이 이동이 곧 후천개벽이고 그 공간적 사회적 현상이 화엄세계 가능성이고 이 때의 징조가 대규모 '復勝'이다. 즉 생명의 대변동(죽지 않는 생명체 ─ 해파리 ─ 의 등장이 그 일종이다)이 시작된다.

즉 숨은 차원의 출현이다.

이것이 다름아닌 회음의 강화경향이요 태음(북극 대해빙)의 변동(빙산해빙)이다. 이때가 怪疾의 때요 동시에 이때가 '산알'의 출현시기다.

經度觀은 인류과학이 주의해야 하는 생명학 강화의 경책이니 산알에 주목하라는 소리다.

동아시아의 八數學이나 오운육기론(五運六氣論) 한국의 비기(秘記), 참서(讖書) 등에서의 經度觀을 잘 연구해야 할 시기가 온 것이다. 특히 正易의 經度論은 큰 도움이 될 것이다.

易史跡

五運六氣論에 토대한 우주생명학의 十五復勝論에서 제13층 위의 大陽界 日月 干支圈의 包五含六性 易史跡에 큰 변동이 생겼을 때 이미 正易에서 후천개벽의 달 변동 현상으로 지적한 十五日 보름달과 十六日 초승달 交替구조로서 〈애기달〉이 떠오르는데 이때 엄청난 地震이 지구에 일어나고 海溢이 일어나며 또한 山沙汰와 침강과 융기 등 변화가 발생한다.

이번 아이티(Haiti)지진의 그것이다.

이 현상이 일어날 때에 도리어 〈산알 복숭〉의 가능성이 커진다. 거기에 대응하는 방식은 무엇일까? 이것을 연구하는 것이 正易과학 아닐까? "包五含六의 易史跡 변동"을 본격적으로 연구하는 과학이 서야 지진, 해일 등에 대응하는것 아닐까! 문제는 개벽현상으로 대지진을 보지 않고 자꾸만 우연이나 기타 온난화니 탄소배출이니 하고 앉아 있는 것이 문제가 아닌가!

黑白跡

十五復勝論에서 제 14위 층에 해당하는 아득한 세계다.

黑白跡은 우주공간의 블랙 홀과 화이트 홀의 교차 압도현상에서 발생하는 氣의 대변동(跡)이다. 이상에서 지적한 것과 같은 지구와 지구주변의 지질, 해양, 산맥, 초원, 동식물 생태계와 지하수맥, 그리고 공기 층의 대변동 등을 화이트의 긍정적지표와 블랙의 부정적 지표 사이의 교차와 착종에서 보지 않고 역시 그 원인을 우연에 돌리고 있다. 어째서 이리 되는가?

블랙 홀의 종말론 중심으로만 패러다임 파행의 서구과학에 기울어 있어서 화이트와 블랙 착종을 하나의 氣현상으로 못보는 것이다. 본다면 도리어 대규모 〈산알 복숭〉 때에 발생한다는 〈擴充一充擴(김봉한)〉일 것이다.

중국이나 일본 등에서 사랑앵무새나 메기 등의 비정상적 움직임을 관찰해서 지진을 진단 예상하는 것 등을 모두 다 우주생명학의 여러 층위들, 예컨데 易史跡이나 黑白跡의 下位 층위 연관(우주와 생명 사이의 직결관계)을 조사하는 초보적 수준에 불과하다.

어째서 이것을 정면에서 과학화 하지 못하는가? 어째서 미국, 유럽이 아닌 중국, 일본에서만 이것을 시행하는가? 기괴하지 않은가?

당연히 '우주생명학'을 정면으로 보기 시작해야 한다.

그러면 바로 〈산알〉이 보일것이다. 그러면 살길이 열린다. 개벽은 컴컴하면서 (지질과 종말) 동시에 흰빛(새로운 하늘과 땅의 열림)이다.

왜 이것을 못 보는가?

유럽의 패러다임이 어두운 종말론 한 가지뿐이기 때문이다. 그리고 모든 것을 인간의 죄(에너지, 탄소 따위)로만 보고 또 그럼에도 탄소배출권 장사를 공공연히 국제회의에서 논의하는 해괴 망측한 괴물 지도자들 때문이다. 부끄럽지도 않은가?

누구나 아는 생명 이야기를 이제는 참으로 우주화 하자

우리는 생명을 우주로 부터 분리시켰다.

그래서 고통 받고 있다. 그 분리부터 넘어서자.

어째서 하늘과 땅과 목숨이 따로따로 인가?

어째서 天地人이 따로 노는가?

또

어째서 天地人은 물, 달, 여성, 그들과 따로 노는가?

물은 우주와 생명의 근원이다.

산알은 물로부터 발원한다.

누구나 우러러 보는 우주생각을 이제는
내 안에서 생명화하자

　나는 뒷산 흰 자작나무 숲길에서 내가 앙금이라고 이름 지은 아
주 쬐끄만 딱정 벌레를 바라보며 그 앙금이 안에서 앙금앙금이가,
앙금앙금앙금이가 앙금앙금앙금앙금이가 물속에서 흔들리는 애
기달처럼 태어남을 보았다.
　내 안에서도 달이, 그리하여 그 달의 물빛으로, 태양이 뜨거운
불이 아닌 투명한 찬란한 예감의 빛으로 나날이 드높아짐을 보았
다. 왜 그런가? 당신은 안 그런가?

屏風

병풍은 여러 曲이다. 十二曲도 있다.

하나하나 이면서 여럿이다. 우리들 마음이다.

그 하나하나 안에 저 커다란 우주가 살아 있다. 그렇게 살아 있는 여럿이 바로 생명이다. 제사 지낼적에 그 병풍을 펼칠때 산알이 허공에 솟음을 나는 여러번 보았다.

Kelt

스콧트란드 아일란드의 옛 캘트 문화는 서양에는 흔치 않은 전 인류적 보편성을 지닌, 어떤 점에서는 사할린이나 일본의 고대 남 아시아 특징까지 지닌 문화다. 영적인 육체성이다. 러씨아의 언 어철학자 볼고진이 캄차카의 이뗄멘족의 언어와 스페인 바스크 지방 언어의 유사성을 밝혀낸 그 혼돈한 육체성, 그렇다. 영국시 인 딜란 · 토마스의 시집에서 나는 고등학생 때 바로 그 혼돈한 영 적 육체성이라는 산알을 보고 몹씨 놀라 몸을 떤적이 있다.

'This bread I break was once the oat.'

산알은 도처에 있다

그것은 항생제가 아니다.
차라리 시다.
'바람이 분다. 살아야겠다'
발레리의 시가 바로 산알 아닌가! 아닌가?

백제관음

일본 나라(奈良)의 법륭사에 서 있는 백제관음은 술취한 듯 깨달은 듯 縹渺한 것처럼 아름답다. 왼손에 들고 있는 병(甁)은 술병일까? 물병일까? 아니면 산알의 약병일까?

우리는 옛날로부터 산알을 찾으러 갈 때가 된 것이다. 거기 없고 어디 있겠는가?

미륵반가사유상

일본 교토의 한 절에는 깊은 명상 중에 금방 홍소가 폭발할 듯 빙그레 웃고 있는 미륵상이 있다. 한 일본 소년이 저도 모르게 미륵상을 훼손했다. 왜? 그때 그 소년을 놀라게 한 것이 바로 다름 아닌 산알이다. 다른 것이겠는가?

쓰나미로부터

2004년 인도네시아 대해일 때 26만명이 한꺼번에 죽었다. 꼭 아이티 대지진과 비슷하다.

그 원인은 대륙판과 해양판의 충돌이라 한다.

그 충돌의 원인은 3000년 동안 서남북 방향으로 기운 지구자전축이 본래의 우주중심위치인 북극태음의 물(대빙산지역)쪽으로 되돌아 왔기 때문이라고 한다. 그것을 후천개벽이라, 己位親政(밑바닥이 임금자리에 되돌아 옴)이라 부른다.

문제는 여기에 있다.

그것이 서쪽의 己位(大荒落位, 밑바닥)로 기운 것은 2900년 전, 중국 주나라 성립 때부터 이고(정역) 그것이 본래의 북극태음의 물이 우주 임금자리로 되돌아 온 것은 여자들 몸 속의 월경의 작용(산알이 여성의 회음에서 복승해 나오는 것) 때문이라 한다(동학의 해월 최시형 법설). 그렇다면 묻자! 산알의 반대인 오늘날 지구에 일반화되어 있는 밑바닥 죽음의 원인은 과연 무엇이었는가?

三周

  중국 이야기다. 요즈음 돈에서 끝발 날리는 중국이 사상 문화 등에서 끝발을 더욱 날리고자 계속 밀고 나오는 주나라 삼대 권력이 三周다.

  주역이라는 우주론의 文王, 주나라 중심 왕권정치를 강화한 봉건정치의 周公, 그리고 君子의 윤리와 처신을 체계 세운 철학의 孔子가 바로 三周다. 이 三周는 오늘 우리가 갈구하는 생명의 길 '산알'과 무슨 관계일 것인가? 지금의 중국 통치구조가 바로 三周인데 이것은 매우 중요하다. 그리고 매우 위태롭다.

  전 인류와 중생계에 중요하고 동아시아 사람인 우리에겐 더욱이나 중요하다. 무엇인가?

  '산알'은 불교식으로 말하면 화엄(꽃 피어 남)이로되 月印千江에 一微塵中含十方이니 중심성이 있는 철저한 개체위주의 융합의 탈중심이자 한 먼지 안에도 살아 있지만 영겁 삼천대천세계 大方廣禮佛, 넓고 넓은 생명지혜의 산물이다.

  그러나 유교식으로 말하면

  十无極이라는 우주무궁의 알맹이가 五皇極이라는 金木水火土의 고른 균형에 一太極이라는 陰陽생명의 三極이 물 즉 水王—모성, 여성성 즉 "妙衍"이라는 "모심"의 힘 안에서 통합되어야 가능한 것이다.

  그리 간단치 않다.

  그런데 三周가 여기에 합당한가?

  중국 태평관의 초점인 五皇極에서 우선 三周는 두 가지가 아예 없다.

하나는 오랑캐 및 백성이고 둘은 어린이와 여성이다.

산알은 애당초 불가능이다.

그래서 지구자전축이 기울어 天地傾危라는 말까지 생긴 것이다. 天地傾危는 한국인 金一夫 正易의 창조물이 아닌 중국인 자신의 말이다.

그런데 그들이 지금 三周를 거듭 주장한다. 三周 자체의 사상적 적합성 자체부터 시대착오적이거나 현대사회에서 가장 중요한 여성, 어린이, 소수민족, 그리고 國民 일반이 아예 고려 밖이라면 산알은 커녕 일반적 통치구조나 사상이라고 부를 수 조차 있겠는가? 사랑 앵무새나 쥐분석만으로 지진 예방이 될 것인가? 대답은 '하하하' 다.

華嚴腦

　　중국의 최근 생태생명 연구에서 異憫泓이라는 학자는 쥐를 해부, 연구하여 쥐의 회음에 우주 변동을 예감하는 '화엄뇌' 형태가 생활함을 발견했다.

　　배가 출항하기 이전에 쥐들이 한꺼번에 그 배에서 내려버리는 현상을 관찰한 것이다. 그 배가 며칠 뒤 바다에서 파선할 것을 예감하는 쥐들의 생태에서 쥐 회음의 놀라운 우주생명 예감능력을 발견했다. 본디는 수천년 전 인간도 그러한 神氣力을 지녔으나 제도, 교육, 정치, 경제의 비우주, 반생명적 유행이 강화되면서 퇴화된 것이라 한다. 특히 쥐 암컷의 능력은 놀라운데 달과 물, 그늘, 여성 능력의 억압, 퇴화(모권제 억압 이후)와 함께 축소된 그 능력이 회음에서 다시 살아난다는 것인데 과학적 명제로 발전할런지는 아직 모른다. 그러나 그것이 곧 〈산알〉 연구의 핵심영역임에는 틀림이 없다. 지진예감의 앵무새, 닭, 쥐, 메기, 붕어들의 실험도 이 연구에 연결된다.

부처님 산알

본래 산알이 북한 김봉한에 의해 이론화 되었을때 일본 경락학계는 놀라 그 산알이 마치 불교에서 부처님이나 고승대덕의 茶毘 뒤에 나타나는 '사리'와 똑같은 '핵산 미립자'로서 정신적 수행이나, 인생의 고통 속에서도 생명과 지혜를 위해 노력한 인간생태의 결과가 아닌가 짐작하기도 했다.

아마도 그럴 것이다.

그렇다면 산알과 불교의 관계는 깊어진다.

베트남 국립 불교연구소는 얼마전 아시아세계에서 통용 유행되는 부처님 名號(이름)가 "2672종"임을 조사 발표했다.

부처님의 名號는 몸이든 마음이든 사회적 삶에서든 일종의 치유의 형태나 지혜나 가르침을 형상화한 언어인 것이다.

따라서 그것은 곧 산알의 성질이나 성격 또는 생명과학적 구조에 직결된다고 하겠다.

그렇다면 이제부터의 산알 연구에서 2672종의 부처님 명호와 함께 부처님의 가르침인 84000가지 해탈문(이 역시 치유효과와 직결된다)의 여러 종류와 유형이 산알 연구에 방향과 방법과 지침을 줄 수 있을 것이다.

따라서 그 밖의 예수와 여러 성자들, 이슬람과 기타 종교의 예언자들이나 과학자, 예술가들의 좋은 지혜나 가르침 역시 그러할 것이다.

따라서 우선 '사리와 산알'의 비교 연구부터 착수하는게 좋을 것이다.

신종플루로부터

즉 본디의 '돼지독감' 의 발원지인 멕시코의 '라 글로리아' 지방에는 최근 쉬쉬하는 중에서도 또 다른 독성수질인 진녹색의 액체가 유행이다. 문제는 그 지역의 물의 문제라는 데, 그 지역의 물에 毒이 있으면, 동양 풍수학의 '刑局論' 이나 서양 생태학의 "生物地域圈(Bio-regeon)"에 의하면 그 제한된 지역 내의 氣의 "확산—수렴 동시 작용" 등에 따라 그 毒에 대한 효과적인 藥(藥草나 藥水)이 반드시 있다는 說을 믿는다면 다음의 대안이 검토되어야 한다. '라 글로리아' 와 같은 멕시코 지역의 유카탄 반도 인근에 '라 필트라다' 라는 꽃이 자생하는 언덕이 있다는 데 전설에 의하면 '라 글로리아' 의 녹색 독성수질을 치유할 꽃잎의 액체가 그 '라 필트라타' 에 있다는 전설을 고려해야 한다는 이야기다.

우리는 유럽 근대의 실증주의적 자연과학의 극히 속물적인 유물론에 의해 그 밖의 인류의 모든 지혜를 몽땅 미신으로 돌려버리는 매우 어리석은 바보가 되었다. 마땅히 이제 함께 나서서 신화와 전설적 지혜 속에 있는 새로운 우주생명학과 〈산알〉을 찾으러 가야 한다.

타발타바라 풀로부터

프랑스, 스페인, 포르투칼 앞바다의 죽지 않는 해조류 타발 타바라풀을 발견한 "인 베테르 인 싸블리 인 사스삐에로 샤스틴티에라"라는 환경단체는 작년 이후 도리어 이 해조류의 수질 오염 가능성을 역으로 활용하여 그 오염을 넘어서는 어떤 해조류의 독특한 치유기능을 실험하고 있다고 한다. 아직 그 내용과 성과는 공개하고 있지 않다. 그러나 스페인, 포르투칼, 이탤리, 프랑스 등을 연결하는 이 환경단체의 넓은 영향력으로 보아 만약 이 해조류 실험이 성공할 경우, 수질오염으로부터의 "산알"의 희망은 서방세계와 온 인류에게 상당히 큰 복음을 전할 것이고 그를 둘러싼 과학적 산알론의 진보는 큰 발걸음을 기록할 것으로 기대된다.

악마의 향기

그 밖에도 수질오염의 위험신호로 기록된 페르샤만의 '악마의 향기' 러시아 극지 '사모아 발랑까' 지역의 뜨거운 독성 액체 분출 등과 관련해서도 비슷한 역실험을 하고 있다고는 하나 결과는 모른다. 중요한 것은 우리가 약이나 독을 관통하는 산알의 생명력의 정체를 아직도 확인 못하고 있다는 점이겠다. 여기에 관해서 '물'과 '산알'과 '회음'의 기능에 관한 어떤 결정적 연구가 요청된다. 누가 이것을 할 수 있을 것인가? 일본 분자생물학과 경락학계는 한국의 의술이 김봉한 산알과 복승 경락학 연구에 집중하면 어떨까 하는 기대를 거는 사람도 있다고 한다. 국내에서는 경락학이 도리어 불법판정을 받고 있는 지경이다.

무엇인가 우리들 자신에게서 발상의 큰전환이 있어야 하는 것은 아닐것인지?

죽지 않는 해파리

우리는 이미 죽지 않는 해파리를 큰 놀라움과 함께 보았다. 어떻게 생명체가 죽지 않는 것인가? 생명이란 본래 생겨나고 살다가 죽는 것을 말하는 것 아닌가! 그런데 죽지 않는다면 이것은 무엇을 말하는 것인가?

셋이 그 이유로 나타난다.

개벽적 우주생명 질서가 그 하나요, 생명의 지속시간이 예전과 달라져다는 것이 둘이고, 새로운 어떤 영적 능력을 가진 생명체가 생겨 날 수 있다는 가능성이 셋이다.

이 세번째가 바로 산알의 가능성이다.

우리가 어떻게 대응하는가에 따라 산알의 출현은 참으로 생활이 될 수 있고 또 우리는 영생은 아니지만은 100여 년을 넘어 오랜 삶을 지속할 수 있으며 또 건강할 수 있는 것이다. 그 가능성을 지적하는 견해는 많다.

생명관이 바뀌고 있다는 이야기이고 '산알' 이라 이름붙일 수 있는 '생명력(불교의 '사리' 와 같은 受生藏 受生自在燈 즉 부처의 생명과 같은 자유로운 마음의 실체)' 이 나타날 수 있다는 것이다.

酸性 테라니우볼

일본 분자생물학은 벌써 17년 전에 사람, 물뿐 아니라 일반 생명체에서 피부 피하지방질 축성박테리아 안에 고성능의 뇌세포가 살아 활동함을 발견했다. 그리고 그 활동이 매우 일반적임을 확인했다. 따라서 인체와 모든 생명체가 현재 수준 또는 불원간 전신두뇌활동이 가능한 상태로 진화할 것임을 예측했다.

2006년 영국 네이처 지는 영국 젊은 과학자 마이클 위팅의 보고서 '재진화(re-evolution)'에서 아득한 옛날에 진화를 종결한 곤충 30종의 겨드랑이에서 새롭게 날개가 돋는 것을 보고한 위팅의 발견을 소개한다.

중요한것은 바로 이 곤충의 겨드랑이 날개들 안에 바로 이 산성 테라니우볼이 다량 함유되고 있다는 사실이다.

미국 생물학자 '린 마굴리스'는 이 사실을 지적하고, 이것은 이른바 '중생해방'의 과학적 복음이라고 평가했다. 중생해방이 매우 가깝다는 것이다. 창조적 진화론의 업적인 이 산성 테라니우볼이 〈산알〉과 무관할 것인가? 수십만 종류의 꽃들이 서로 아무 연관 없이도 한날 한시에 한 광야에서 수없이 많은 서로 다른 모양으로 저마다 활짝 피어나는 대화엄적 생명 현상은 〈산알〉과 다른 것일까?

마굴리스는 창조적 진화론과 대화엄사상은 바로 중생해방이라는 〈산알〉현상의 동서양 결합 보고서라고 압축한다.

그렇다면 산알은 곧 구약에 제시된 생명의 미래, 중생해방의 빛나는 소식인 것이다.

아르곤 드라볼리움

　일본 분자생물학의 산성 테라니우볼 발견에 침울하던 미국 뇌과학은 약 10년 뒤 러시아 출신 과학자 '싸르코스볼'의 공로로 똑같은 박테리아 안의 뇌세포 활동을 발견한다. 역시 이 발견은 모든 생명체의 전신두뇌설, 과거에는 선불교나 화엄불교에서만 주장하던 이 이론을 과학적으로 뒷받침 하기에 이른다. 우리는 김봉한의 산알론이나 그의 생명복승설(復勝說)이 바로 이같은 뇌과학에 의해 여지없이 증명되고 있음을 확인하게 된다.

미국 뇌과학의 불교인식론 입증

러시아 출신 과학자 '싸르코스볼' 은 '아르곤 드라볼리움 효과' 라는 실험에서 불교가 십식, 십이식 등으로 층위화한 생명의(인간의) 심층무의식을 이미 뇌 안 팎에서 활동하기 시작한 공개적 관념작용으로 입증할 수 있음을 주장한다.

심층무의식의 공개적 활동은 바로 생명력 작용의 우주적 해방을 의미하는 것이다. 〈산알〉은 곧 부처님이나 고승대덕의 〈사리〉처럼 또는 화엄경 입법계품 묘덕원만신 부분에서처럼 신성한 기도자와 과학자의 수행과 노력에 의해서 화엄경 안에서 부처님 배꼽에서 방광(妨光)된다는 〈受生藏〉〈受生自在燈〉처럼 생명력이면서 동시에 영적 심층치유력으로서 실제화 할수 있다는 가설이 충분히 성립할 수 있게 된 것이다.

문제는 이러한 산알출현을 누가 실제화하는 수련과 실험을 할 것이냐만 남은 것이다.

'비르호프'의 세포론

1840년에 독일의 '비르호프(Virchow)'는 '세포는 세포에서만 생긴다'는 定說을 세운다. 그리고 그 뒤로 유럽생물학은 이 정설을 전혀 준봉해 왔다. 그런데 김봉한의 '산알이론은 산알이 세포를 만들뿐 아니라, 세포가 도리어 산알로 돌아가기도 한다는 擴充說'을 발표한다.

이것은 산알론이 단순한 슈뢰딩거 류의 생명유물론이나 오파린류의 변증적 외삽법이 전혀 아니라 영적자유를 안에 함유한 생명창조력임을 말하고 있다.

아직까지도 동아시아의 일본분자생물학 연관의 경락학계 이외의 유럽적 생물학에서는 이 학설을 수긍하지 않고 여전히 일방적이다.

속류유물론적인 '비르호프'를 답습하고 있다는 말이다. 그들에겐 이제 죽지 않는 해파리나 타발타바라풀 또는 산성 테라니우볼과 아르곤 드라볼리움이 어떻게 인식될 것인가?

그리고 유럽과 미국 지식인 절대 다수가 몰두하고 있는 불교의 사상과 생명론 그리고 "사리"의 존재에 대한 미국인들의 도리어 거대한 신앙과 희망은 어떻게 해석될 것인가?

그들에게 지금 필요한 것은 혁명 정도가 아니라 사상과 문화의 대개벽인 것이다.

마음 속의 몸

김봉한 복숭경락학의 산알이론은 '마음 속의 몸'의 생명학이다. 미국의 불교 신봉자들은 마치 산알이나 사리와 같은 정신적 실체로서의 새로운 생명, 새로운 삶. 새로운 시장과 문명을 갈망하고 있다.

그 대표적 증거가 언어철학자 마크 죤슨의 〈마음 속의 몸(the Body in the mind)〉이다.

메를로 뽕띠 따위의 〈몸 속의 마음〉이 아니다. 과연 이들의 갈망인 〈창조적 산알 생명력〉은 불교에서의 사리처럼 그저 영적해탈의 증거물 정도가 아닌 실재적 생명상태로 나타날 것인가?

현재의 금융위기에 대해서도 미국인들은 적당한 정도의 유화국면이 아닌 '해탈의 생명체로서의 〈신문명 산알〉인 자유 그 자체인 새로운 시장'을 기다리고 있다. 과연 그들이 기다리는 참 산알은 인류 앞에 나타날 것인가? 정말로 〈마음 속의 몸〉은 꿈만이 아닌 것인가?

向我設位

동학 제2대 교주 해월 최시형선생은 1895년 음력 4월 5일 갑오 동학혁명 실패 후 숨어 있던 경기도 이천군 설성면 앵산동에서 낮 11시 수은 최재우 선생의 독도기념일 제사를 드리면서 제사 방식의 일대 혁명을 단행한다.

그것은 이제까지 수만 년 동안 동서양 똑같이 전혀 바꿀 것을 생각조차 못했던 제사 방식―벽을 향한 제사 즉 向壁設位를 나를 향한 제사 즉 向我設位로, 큰 전환을 이룬 것이다.

즉 한울님, 부처님, 조상, 귀신, 우주생명의 영이 살아있다면 어째서 삶이 없는 저쪽 벽에 오시겠는가, 살아 있는 신령으로서의 사람인 나안에 오실 뿐 아니라 평소에도 살아 계신것 아니겠는가, 그러니 나의 삶과 일은 그 결과인 밥과 정성을 그 신명과 우주생명이 살아계신 내 앞에 바치고 내가 나에게 빌고 절하는 것이 옳지 않으냐 하는 것이었다.

따라서 온 우주와 모든 세월의 움직임과 마음은 내 안에 살아 있거나, 나아가고 또 돌아오는 것이며, 나의 삶과 노동의 결과도 결국 나에게 돌아오는 것이 마땅하다는 것이다.

이것은 동학의 제1원리인 모심(侍天主)의 절정으로서, 기이한 일이지만 불교 최고 최대의 사상인 대방광불 화엄경과 서양 기독교 과학의 절정인 안으로 신명이 있고 밖으로 기운의 복잡화가 있다는 창조적 진화론 사이의 결합과 똑같은 결론이었다. 그리고 그것이 밥 즉 공양 모심을 통해서 이루어지는 구조는 화엄경의 가장 핵심인 입법계품의 묘덕원만신 부분과 똑같은 것이었다.

이제 우리는 묘덕원만신 부분이 우주부처님의 배꼽으로부터 산알의 생명과 영성의 빛(사리와 같음)을 빌어서(공양모심) 방광(放光) 받는 "受生 굿"임을 알았다.

향아설위는 바로 이렇게 우주로부터 그 숨은 차원에서 우리 생명의 드러난 차원으로 산알(受生藏, 受生自在燈)을 방광(내림) 받는 절차이었던 것이다.

水王會

갑오혁명이 실패로 돌아간 뒤, 1895년 음력 4월 5일 향아설위를 집행한 해월선생은 그날 밤 이천군 앵산 봉우리에서 금강산의 당취(비밀개혁불교) 스님인 彬杉和尚과 이(蝨)라는 여성동학당, 남학정역파, 동학당, 백두산도인 등과 함께 九人이 모여 화엄개벽을 통해서 우주생명의 산알을 내림받는 개벽을 모시는 운동의 지하조직을 결성한다.

화엄경의 기본정신과 후천개벽과 선도사상이 같다는 원칙위에 서다.

이 운동의 명칭이 여성과 어린이와 쓸쓸한 대중(玄覽涯月民) 중심의 水王會이니, 이 운동은 이후 근 80년 간 지하조직운동으로 지속되다가 1970년대 초 새마을운동때 없어진다.

전라, 경상, 충정, 강원, 경기, 황해도 등에서 지속되고 근대 백년 동아시아의 온갖 진보적 민중, 민족 특히 여성과 미성년 청소년, 유년운동을 선구적으로 전개하였다. 불교, 기독교, 동학, 남학, 정역, 강증산, 원불교와 사회주의, 자유주의 운동 등이 모두 〈남학밭〉〈당취굴〉 등의 이름으로 지하에서 망라되었다.

이들의 수련은 동학 39자 주문을 회음혈과 상중하 삼단전의 몸으로 수련하는 "水王禪"이라고 불렸고, 일종의 화엄법신선(華嚴法身禪)이었다고 한다.

여성, 어린이, 쓸쓸한 대중(현람애월민)은 음개벽의 주체이며, 음개벽으로서의 후천화엄개벽모심은 2008년 4월 29일에서 6월 9일 까지의 시청 앞 첫 촛불에서 전 문명사적인 再生부활의 예절을 올린 것으로 보아야 할 것이다. 그럴 때 이 운동이 이제부터의 전 인류와 전중생계의 새로운 우주생명학에 입각한 水王史를 화엄 개벽운동으로 들어올리는 필연한 역사인식으로 될 터이다.

그 가장 핵심적 현안이 곧 산알 운동이다.

(그 주체들이 의식했든 또는 무의식 상태건 정신사의 기이한 반복임에 틀림없다.)

더욱이 〈촛불〉 〈여성〉 〈어린이〉 등은 水王會의 오랜 브랜드였다.

童子所

화엄경의 가장 중요한 그 현대적 실천의 해석면에서 핵심은 입법계품의 善財南遊이고 그 부분에서 또한 가장 중요한 것은 문수사리 보살이 선재동자 등 동자, 동녀, 여인(우바이), 남자(우바새) 각 500인 씩이 모인 童子所에서의 가르침이다.

문수사리의 가르침과 보현보살의 실천 및 그 가르침과 실천의 포괄적 통합차원인 비로자나화엄佛의 차원변화의 깨달음이 주를 이룬다. 이때 그 비로자나 주불의 깨달음은 우리가 지금 말하고 생각하는 〈산알〉과 똑같은 형태로 나타난다.

따라서 화엄개벽 모심의 어린이, 여성, 쓸쓸한 대중의 실천과정에서의 소망과 그 내용은 오늘날 우리가 소박하게 표현한 〈산알〉과 똑같다.

따라서 화엄개벽 모심과 어린이, 여성, 쓸쓸한 대중의 실천과정에서의 소망과 그 내용은 오늘날 우리가 소박하게 〈산알〉이라 부를 수도 있겠다. 오늘의 童子所인 재작년의 시청 앞 첫 촛불에서의 산알은 무엇인가?

미치지 않은 쇠고기, 깨끗한 물, 건강, 취업, 그리고 파괴되지 않은 산천, 평화, 비폭력과 선동이나 조직없는 '집단지성'이란 이름의 자유스러운 합의와 소통이었다.

〈산알〉 즉 〈생명의 영성〉이외에 무슨 말로 그것을 표현할 것인가?

(受生藏, 受生自在燈이란 옛 화엄경의 표현이 이것 아니고 무엇인가? 부처와 선지식의 가르침, 그 실천의 길의 근본이 바로 산알 아니었던가?

法慧月

화엄경 입법계품의 主夜神, 그 밤귀신 부분에서 가장 아름다운 실천가는 法慧月이라는 王妃다. 그녀의 실천은 이제부터의 화엄 개벽 모심의 큰 모범이다. 그런데 그의 어릴 적 별명은 〈기도하는 꽃송이〉다. 땅에 박힌 돌맹이를 답답해 하는 그녀 마음의 기도로서 하늘에서 부처님의 힘이 돌맹이에게 내려와 날개를 달아 하늘로 날아오르게 해달라고 비는 것이었다.

그래서 기도하는 꽃같은 마음이 된 것이다.

간다하라 민속지 〈헤라 볼타이로이의 불꽃같은 별〉은 이 꽃송이가 비는 하늘의 내림을 산알로 묘사한다.

이 기도, 이 기도의 꽃송이 마음, 이 마음이 바라는 소망인 산알은 지금의 여성과 어린이 마음의 소망 그대로가 아닐 것인가?

산알은 여성과 어린이가 모든 사물, 중생, 대중의 고통에 바치는 소망 그대로가 아닐 것인가!

〈산알〉을 통해서 法慧月은 현대인인 우리에게 화엄개벽의 참다운 모심의 주체가 되는 것이다.

아크발라이 · 쇼쿠니아바

〈아크발라이 · 쇼쿠니아바〉는 아랍말로 '어둠 위에 얹은 참 빛'으로써 무하마도 성인의 메카시대, 부인의 별명이다.

여성의 고통과 비참한 처지를 뜻하는 어둠 위에 진정한 빛을 비추고자 하는 참다운 향심의 표현이다. 여기에 대해 무하마드 성인은 코란 63절 하단에서 동굴기도 중 '저 어둠에 참다운 공경심을 갖도록 도우소서'라고 외친다.

그렇다. 이슬람의 원리는 결코 反여성이 아니다. 반 여성은 그 역사적 과정의 제도적 산물일 것이다.

이때 그 빛과 공경심, 이것이 〈산알〉임을 명심하고 깨닫는 여성들의 자각 운동이 이슬람세계에서 지난 50년 이상 지하 또는 반지하에서 지속되었다.

이슬람의 큰 전환은 이곳으로 부터가 아닐까?

이들의 운동에서 가장 중요한 혁명 명제는 바로 이 〈아크발라이 · 쇼쿠니아바〉란 한 마디를 그들 말의 비밀스러운 암호와 같은 〈메타포〉로서 〈쎄벨리온〉이라 한다고 전한다.

〈쎄벨리온〉이 곧 '생명의 빛' 즉 〈산알〉이다. 어찌 생각해야 할까?

싸크라리온

유럽의 저 치열한 여성해방 사상, 페미니즘은 과격할 정도의 젠더(Gender)투쟁(性鬪爭)으로 인해 남성 가부장 문화의 반동적 압도를 초래했고 그 결과 다시금 어둠에 잠긴 느낌이다.

이 과격한 남녀간 성투쟁, 대립투쟁의 적대로부터 벗어나는 새로운 페미니즘이 바로 '뤼스 이리가라이'의 신성페미니즘이다.

여성의 역사적 문화적 신성성의 강조와 재발견을 통해 여성해방의 길을 새롭게 찾는 일이다.

이 때의 여성의 신성성에 절대적으로 필요한 〈산알〉 즉 〈생명성−생활성〉 또는 〈여성성−모성〉을 이리가라이식 용어 범례로서 독특하게 〈싸크라리온(Sacrarion)〉이라고 부르는데 이 해석의 용례를 보면 그 내용이 바로 〈산알〉이다.

이것은 이제 막 시작된 여성문화의 혁명이다. 생활적 모성을 거룩함으로 드높인 것이 곧 산알이 되는 셈이다.

많은 유럽 여성지식인이 이 〈싸크라리온〉에서 비로소 이리가라이 페미니즘의 지나친 종교성에 대한 실망에서 벗어나고 있다고 한다.

하기야 삶, 생명, 밥, 엄마의 따뜻함보다 더 거룩한 일이 어디 있겠는가!

아프리카 이온

프랑스과학자들이 붙인 아프리카의 한 공기전형으로써 예컨데 석양이나 새벽에 그 자체 日光의 성질이나 빛의 강도와 상당히 달리 나무나 물, 또는 구름이나 마을의 모습, 벌판 등의 모습을 기이할 정도의 瑞氣나 환상적인 모습으로 변형(ion의 변형력 지칭)시키는 작용을 하는 공기전형이다.

많은 프랑스 인들과 현지인들이 이것을 아프리카(특히 아이보리 코스트에 강함) 특유의 〈生氣〉로 이해한다. 우리 말로 하자면 〈산알〉인데 정신신경계에 큰 쇄신 작용을 하는 것으로 알려져 우울증치료에는 효과가 있다고 한다.

이것은 어떤 과학적 근거가 있을까? 단순한 기분문제는 아닐 것이라고 프랑스 의사들이 강조하고 있다. 무엇일까?

안데스 락

페루 특유의 돌가루 음식이다. 안데스 바위의 부서진 돌가루라고는 하나 정확치 않고, 높은 산의 山氣나 몸에 좋다는 옛 페루의 전설에서 생긴 의약습관이다. 상당히 많은 사람들이 배변관계장애나 당뇨, 배설부작용에 먹고, 실제로 효험을 본다. 전설에 의하면 안데스 산맥의 山神이 흘린 콧물이 돌가루가 되어 돌가루에는 산신의 코가 품는 강한 百灰기운을 갖고 있어서 이것이 배설에 특효가 있는 우주의 신령한 기운이 된다고 하는 것으로 보아 이 역시 〈산알〉이다. 머지않은날 과학적 성분조사에 착수하리라고 하나 기이한 것은 현지인들이 '그러면 약효과 없다. 자연대로가 좋다'고 우긴다는 것이다. 동아시아나 기타 나라들에서 흔한 原型 사상이다.

할롱 무니

베트남 할롱베이의 上流에 있다는 푸치푸치 바위 밑에서 솟는 샘물이다. "무니(munni)"란 신약(神藥)의 뜻으로 역시 우리의 경우로는 〈산알〉같은 것이다.

하늘의 仙女가 새벽이면 내려와 '몸을 씻고 간 물이어서 신경통과 정신질환에 특효가 있다고 한다. 이상한 것은 이 물이 일년에 한번씩은 반드시 여름 더울 때에 시커멓게 변한다는 것이고 (보통때엔 하얗고 투명하다) 더욱 기이한 것은 바로 이 때의 검은 물을 장복(그러나 구하기가 매우 어렵고 비싸다)하면 특히 고민이나 우울증, 뇌수의 火氣(통증심한 종류)를 가라 앉히는 데 특효라는 사실이다.

최근엔 비과학이라 하여 반대평이 성행하지만 민중들의 열기는 여전하다고 한다.

현지 용어인 '무니(munni)'는 '신선'이란 뜻도 있어 어쩔수 없는 산일이다. 연구 대상이 될런지는 아직 짐작키 어렵다. 불교와는 무관하고 샤마니즘 관련인듯 하다.

꽃 한송이

— 주변에 있는 자그마한 것들, 채송화며 분꽃, 나팔꽃, 맨드라
미, 참새, 잠자리, 돌맹이, 나는 이런 하잘것 없는 것들이 좋았다.
그리고 아침에 활짝 피어났다 저녁이면 오므라드는 그 비밀이 알
고 싶었다. 그 작은 것들 속에 끼어들어가 함께 살고 싶었다.
　(김지하 회고록—흰그늘의 길 I)

　그렇다.
　나에게 있어 꽃 한송이는 산알이었다. 내 이름도 그래서 꽃 한
송이 '英一'인 것이다.

미트라

인도의 지금도 살아 있는 젊은 여성 생태학자 '반다나 시바'는 전통적인 힌두사상에서의 〈산알〉을 가르켜 〈미트라〉라고 가르친다. 〈미트라〉는 신의 이름이 아니라 신의 웃음소리다. 이 소리를 듣는 사람은 죽음에서도 살아난다. 〈미트라〉는 곧 영원의 생명이 보내는 미소같은 것이다. 인도는 지금도 약이나 의사보다도 훨씬 〈미트라〉의 생명치유력을 믿는다. 근대적 문명으로, 숱한 과학적 기술 발전과 함께 성장하고 있는 지금의 인도가 이 〈미트라〉를 현대과학적으로 〈산알化〉하고 과학화, 생활화 할 수도 있지 않을까?

이리 낙관하는 사람은 '시바'나 나만은 아닐 것이다.

오오라레리오

인도 바로 곁에 있는 작고 가난한 나라.

'방글라데시'에는 어둡고 외로운 시골집 뒷곁에 피는 '오오라레리오'라는 분홍빛 할미꽃이 어느 집에나 있다. 꽃이라기 보다 약초인 셈인데 온갖 병이나 상처에 발라 대개 효험을 보는 마치 민중의 큰 은인 같은 존재다. 그래서 그 이름인 '오오라레리오'의 뜻도 '아, 이 고마움!' 이라고 한다. 누군가 방글라데시의 한 시인은 이 꽃을 '신이 인간에게 주신 외로운 눈물 방울'이라고 했다. 이때 외롭다는 말의 뜻은 슬퍼함인데 신이 인간의 불행을 두고 슬퍼하며 주는 약이란 뜻이라 한다. 좋은 세월이 와서 바로 '오오레라리오'의 거룩함이 단순한 치유의 산알이 아닌 참다움 깨달음의 빛으로 생활화 되기를 빈다.

尺

　원음은 모른다. 듣기엔 '잣대'라 하니 한자로는 '尺'인데 기이한 것은 버마 본토 발음도 '척'이다. 이 '척'은 새다. 작은 새인데 꽤 오래 살고 아이들 아픈데에 이 새가 부리로 쪼아주거나 날개로 쓰다듬으면 났는다고 한다. 반은 전설이지만 한 여행 가이드 출신의 신문기자는 이 새 '척'이야말로 앞으로 올 새시대 버마의 진짜 대통령의 사상이 아닐까 했다.

　'尺'이니, '스탠다드'의 뜻 아닌가 말이다. 생각컨데 '산알'은 오는 새시대, 새 세상에서 기준이 될 가능성이 농후하다.

　생명의 처음은 단순히 약이 아닌 깨달음일 수 밖에 없기 때문이다. 죽음과 怪疾과 오염과 부패, 그리고 혼탁으로부터의 참 깨달음 만이 새시대의 산알이고 尺이 아니겠는가!

티벹·혼(Tibet Hon)

아마도 '티벹의 영(靈)'이란 뜻이 아닐까!

들기엔 '사리' 비슷하다. 스님들의 몸을 씻은 물에다 다시 씻은 보리삼(麥蔘) 비슷한, 땅에서 나는 뿌리인데 약효가 매우 높다고 한다. 스님들의 道力이 스며든 것이란 말로 보아 불교의 '사리'와 같은 핵산효과가 있는것 아닐까!

토토 헌(Toto Hun)

몽골의 聖山인 '토토 텡그리' 기슭에서 나는 흰 꽃송이로서
"토토의 흰빛"의 뜻으로 '텡그리' 즉 신의 손가락같은 것이다. 상
처나 아픈 곳이 닿으면 낫는다는 말이 많다.

여행자들이 이 꽃을 많이 찾는데, 잘 눈에 띄지 않는다고 한다.

'헌(Hun)'은 밤에 귀신이 되어 하늘에 날아다닌다는 전설도 있
다.

이 역시 생명력으로서 존숭되어 어느날인가는 인류구원과 중
생구원의 큰 약재요 부처의 자비심으로서 쓰일것이 확실하다.

러씨안 젤리

러씨아의 농촌에 흔히 자라는 꽃의 씨방에 젤리와 같은 끈적한 물질이 있고 이것이 치료제로 평가받는다. 많이 알려져 있지는 않으나 러시아인들의 전통적인 피부병이나 內傷에 바르거나 끓여 먹는다. 이 역시 연구대상이 아닐까!

세계의 모든 생태계가 오염으로 병들고 기후가 혼돈상태이며 안 죽는 생명체가 자꾸 늘어난다. 우주도 심상치않다. 벌레를 잡아먹는 이상한 짐승꽃도 나타나고 수질오염은 도처에서 기이한 병원균을 만들고 있다. 생명계 자체가 대변동이다. 기왕에 쓸모있는 약초, 기왕에 화학실험에서 치유 효과가 있다고 증명된 액체들이 항구적인 치유가능성을 보장받기 힘든 생명의 대전환이다. 우연히 그리고 이제껏 우습게 보였던 약초식물이 귀중해지는 때다.

과거 정규병원이나 약제회사가 힘들던 전쟁이나 자연재해 또는 고립 속에서 러씨안 젤리같은 식물의 도움을 받는 사례는 많다.

다시금 큰 고난의 시절을 맞는다는 각오로 이러한 종류에 깊은 관심을 가질 때다.

동시에 이젠 그 과학적 근거와 세계관적 배경, 우주생명학적 새 원리를 발견·활용하는 기회로, 그리하여 인류와 지구의 새진로에 도움이 되는 쪽으로 긍정적 생각을 모아야 할 때다.

내가 〈산알〉이라는 하나의 싸인으로 여러 이미지나 가능성 등을 집약하는 까닭도 세계가 목하 하나의 거대한 종말적 개벽사태 속에 있고, 그 2012년 마야달력의 종말을 우주생명의 대대적인 새 전개의 예감에 관련된 '아시아적 지혜를 품은 위미 심장한 대침묵' 이라 하니 긴장해야 할 일이다.

'산알' 은 이제 약품이나 꽃이 아닌 예언자의 신호라고 생각해야 할 때가 아닐까!

아리아드네(Ariadne)

　태평양 상의 한 작은 (하와이 군도에 속함) 실험적 병원 요양원 시설 연구실에서 얼마전 '아리아드네'라는 어여쁜 여성 이름을 가진 약성분이 발명된다. 신경치료제인데 정신안정제 역할도 한다.

　아리아드네는 태평양 해안에 자라는 해초의 일종인 '아리아드(Ariad)—일종의 '코온' 해초(corn—일광흡수성 식물군)류로서 본래는 입 안에 악취가 가득할 때 씹어서 입 안을 깨끗하고 향기롭게 하는 데에 쓰였다.

　그것의 성분이 간단치 않을 것으로 판단한 이 병원 연구실의 전문의사 '아리아드네 페토피쉬(Ariadne Petofis hee)' 박사(여성)에 의해서 정신신경요법에 응용한 결과 좋은 반응을 얻었다.

　보자.

　이 경우처럼 간단한 풀이나 민간처방의 약효 안에 도리어 전문체계적과학(그 이론적 근거의 체계성이나 학문적 전문성 자체가 가진 복잡하고 골치아픈 한계를 우리는 생각해야 한다. 그 도그마나 이런 체제성이 어떤 경우 도리어 진정한 생명치유와 해방작업에 방해가 될 수도 있음을 잊지 말아야 할 것이다. 이것은 근대 유럽에서 비롯된 유물론, 실증과학, 감각위주, 증명위주의 도구성 등으로 인한 한계일 경우가 숱하다. 그리고 이것이 마치 지금의 지구위기의 원인이 되기도 한다. 따라서 "산알"담론을 계기로하여 새로운 신선한 생명문제에로의 시각을 활짝 열어야 할 것이다) 기이 하지 않은가!

아리아드(Ariad)는 본디 라틴어에서 〈보석〉인데 세 개의 아리아드가 겹치고 있다. 세 개의 보석이란 은총이 아닐까!

좀 신령한 메타포나 감동으로부터 생명문제에 재접근하기 위해 〈산알충격〉을 활용해 보자.

可弘

　중국에 퍼지고 있는 벌레먹는 짐승꽃 '可弘'은 모두 쉬쉬하고 있는 중에도 최근 그 역작용으로서의 어떤 치유효과를 실험하고 있다고 한다.

　옛날같으면 농민반란의 흉조로써 괄시했거나 전염병의 조짐으로 소외했을 터인데 과연 현대다. 그러나 중요한 것은 아마도 그 꽃의 시뻘건 빛깔과 웅웅대는 울음소리의 상관이 수질오염과 같은 기이한 역학(疫學)관계일 것이다. 내가 아는 바로는 그 삼자연관은 전통적인 동아시아 의학(특히 한국의 토착선도의학에서는)에서는 조금 불길하다. 더 힘찬 노력과 섬세한 과학성이 요구된다.

　중국의학계와 생명학의 분발을 기대한다. 누가 아는가?

　전설의 꽃 유리(琉璃)처럼 可弘이 그야말로 새 중국을 여는 弘法(예컨데 대화엄세계 무봉탑(無縫塔)이나 여성해방)을 활짝 열어재키는 (可) 빌미로서 그야말로 〈산알〉의 복숭을 가져올런지!

베이진(Baegine)

　약 이름이다. 미국 남부 산치아고 인근 농촌에서 최근 유행하기 시작한, 지독한 유행성독감에 잘듣는 이상한 감기약인데 배추와 파, 그리고 몇가지 흔한 채소를 짓찧어서 섞은 생약이다. 한 노인이 어린 손녀에게 '이걸 먹어 봐! 나 어릴 때 흑인 아줌마가 찧어줘서 먹었더니 감기가 싹 나은 적이 있어.' 이래가지고 먹기 시작했는데 쾌차한 사람이 자꾸 늘어나 최근엔 그 지역 라디오나 텔래비, 신문에 까지도 슬금슬금 보도된다. 아직 인기품목은 아니어서 전국화되지 않았으나 아는 사람은 다 안다. 이것은 또 무엇일까?

　유일한 꼬투리는 흑인 아줌마가 지독한 기독교 기도쟁이라는 것. 옆에서 누가 아프면 밤새 기도하고난 뒤 빵부스러기든 쥬스든 심지어 맹물이라도 주는데 그걸 먹으면 희한하게도 다 낳는다는 전설이 남아 있다.

　'산알'은 배추나 파가 아니라 기도가 아닐까?

　그렇다면 산알의 과학을 위해 기도를 생명과학적으로 본격연구해야 하는것 아닐까?

　아닐까?

　동아시아식 생명기학 오운육기론따위로 기독교 기도를 본격분석, 연구한다면 동서양융합의 산알!

　안 될까?

　안 될까?

　약이름인 '베에진'은 그 근처 야산에 살던 멧돼지 이름이라니 기이하고 또 기이하다. 왜냐하면 멧돼지가 어떤 경우 "神藥"이

된다는 인근 인디언들의 전설이 남아 있기 때문이다. 흑인여자와
기독교의 치열한 예수기도와 멧돼지와 동양 생명의학의 鬼頭인
오운육기론의 결합으로서의 새시대 미국의 인기 '산알'의 출현?

　안 될까?

비비컴·나르발라돔·하이예

케냐의 토착어다. '이랬다 저랬다 변덕이 심해서 어떻게 변할런지 알수 없는 괴상한 광경'이란 뜻이다.

재작년(2008년 여름) 케냐에 눈내리고 적도에 얼음이 얼어 작년(2009년)에 프랑스 과학자들이 조사하러 갔을 때 이전의 열대 작물들은 전멸해 나지 않고 우박내리다 춥다, 덥다를 반복하며 괴상한 날씨가 이어졌다.

현지 토착민들이 그 날씨를 '비비컴' 등으로 표현했다. 오로라도 아니고 무지개도 아닌 기이한 안개 같은 아지랑이가 밤마다 끼어 알 수 없는 날씨였고 바람 느낌이 기이하고 이상한 벌레들과 풀들이 전혀 못보던 모양으로 사방에서 나타나 새로운 기후를 예감시켰다고 한다.

벌레들이 산알효과가 있는가 보다. 프랑스 과학자들 말로는 토착민들이 속이 아프거나 조금 몸이 안 좋을 때 '싼'이란 이름의 벌레들을 씹어먹으면 기분이 좋아진다고 했다는데 이것이 안개 같은 아지랑이의 존재와 연결된 것 같다고 한다. 역시 우주와 생명을 연결시키는 새로운 기후 등의 큰 변화가 가져온 치유효과로서 '산알' 같다.

프랑스의 늙은과학자는 '비비컴'이란 말뒤에 '매우 불길하다'고 표현한다. 대전환의 느낌일 것이다. 이 산알은 무슨 변화를 몰고 올 것인가? 적도와 황도의 일치, 춘분, 추분 중심의 지구 변화 晝夜平均 등의 개벽 아닐까?

그 조짐이 곧 그 아지랑이 같은 벌레의 〈산알〉 아닐까?

晝夜平均 때에, 즉 유리세계(춘분, 추분 중심의 4천년 동안 겨울은 온화하고 여름은 서늘한 날씨) 때엔 기이한 한울의 생명수가 내린다 했는데 (井邑 등의 옛 普天教 사람들의 溫祚宇의 늙은 할머니의 生時 발언 중) 그 생명수가 바로 산알 아닐까?

적도 황도의 일치는 正易에 명확히 제시된 예언이다. 이때가 上帝照臨이니 한울님의 직접통치이고 태양앙명(太陽昂明)이니 민중화백인데 이때에는 그냥 생풀잎을 씹어도 병이 낫는다 했다. 모두 다 산알일 것이다. 이제 바로 赤道와 黃道의 일치현상이 오고 있는 것 아닐까?

그렇다면 개벽적 화엄은 곧 현실이 될 것이다.

화엄경 입법계품의 여러가지 암시적 표현이 그것이다.

'비비컴, 나르발라돔, 하이예'는 이때를 표현하는 옛 동아시아 개벽예언 중의 〈流璃〉의 참 뜻이다. 음양, 주야, 赤黃, 겨울, 여름이 불분명한 애매한 상태.

이른바 〈흰그늘〉이니 〈산알〉의 본령이겠다.

이 상태는 형태는 다르나 러씨아 극지대인 싸모아 발란까의 뜨거운 액체 분출현상이나 오호츠크해 기단냉각과 저온현상이 모두가 연결되고 북극 대빙산 해빙전후 한 〈지리극과 자기극 상호 이탈과 재편성〉 이후의 해양의 난류한류 엇섞임 현상 등이 모두 연관된다. 극도의 온난화와 극도의 강추위 및 폭설, 대지진과 대해일 그리고 〈나사〉가 계속 보도하는 화이트 홀과 블랙 홀의 엇섞임, 달의 물벨트 출현과 태양열 약화－태양흑점 장기적 저미현상, 태양력 중심 윤달붕괴 등이 모두 상관되는 일일 것이다.

'비비컴'이란 케냐말로 그럼에도 〈날카로움〉을 뜻하니 그 나름으로 매우 급진적 전환이란 뜻이겠다.

즉 '산알'은 '흰그늘'이지만 매우 "날카로운 치유효과'를 뜻하는 것이다. 병과 고통이라는 이름의 그늘에 대한 참으로 흰 빛이 곧 약이요 처방이기 때문일 것이다.

비비하눔 바자르

사마르칸드는 2000년이 넘은 동서양 교차의 삶—실크로드의 중심도시요 상징도시다. 그런데 바르 그 도시의 옛이름이 '촐폰아타(chorponatta)' 즉 졸본성(卒本城)이다. 의미심장하다. 무슨 뜻인가? 유목민의 첫별 '금성(金星)의 고향'을 말한다.

금성은 유목민의 정착지인 산위에 있는 '물가의 솟대'의 나침반이자 등불이니 옛 아시아인 모두의 〈산알〉인 것이다.

사마르칸드의 가장 거룩한 궁전인 비비하눔 바로 앞 마당에 2000년 동서양 소통의 가장 속된 장터인 사마르칸드 바자르가 선다. 물론 궁전은 나중일이겠지만 원리로서는 2000년을 내리 그렇다는 이야기다.

사마르칸드 주립대학 부총장인 고대 아시아 경제학자 사하로브 박사에게 물었다.

'어째서 가장 성스러운 자리에 가장 속된 장터가 설 수 있는 것인가?'

대답이 직각 돌아온다.

'어째서 가장 성스러운 자리에 가장 속된 장터가 설 수 없는 것인가?'

사하로브 박사의 대답은 이어진다.

'옛날 달력이 없을 때 바자르 계꾼들은 달을 보고 장 서는 날을 알았고 또 그 달의 빛깔과 기울기, 그리고 느낌으로 멀리 있는 계꾼들의 건강과 형편을 짐작했다. 그리하여 그들에게 필요한 것을 가지고 장터에 나와 만나서 함께 차(챠이)를 마시고 가족 걱정을 나누고 농사와 살림이야기를 하며 서로 필요한 것을 그때그때의 사정에 따라 결정한 다양한 가격으로 서로 교환하며 이익을 적절히 나눈다.

이른바 호혜, 교환, 획기적 재분배의 '신시(神市)' '신령한 시장'이다. 인간의 삶에서 이처럼 신성하고 거룩한 일이 어디 있느냐?

그러니 가장 성스러운 자리에 가장 속된 장터가 열리는 것은 당연하지 않은가!

이슬람 훨씬 이전부터 아시아의 거의 모든 지역이 그렇다. 사람이라는 물방울이 모여드는 바자르를 물터라 하는데 물터가 특히 유목민에게 신성한 것은 당연하다. 이 바자르가 끝날때 헤어지며 우리가 나누는 인사는 한 마디, '오몽 블림'이다. '오몽 블림'은 '생명, 평화'다. 거의 모든 아시아인에게 있어서 지난 모든 세월의 바자르는 곧 '생명과 평화'다.'

그렇다.

지금 우리 말로는 '산알'이다. 깊이 생각해 보아야 할 이야기다.

아시아의 마음

한때 유엔의 사무총장이요 대재벌이었던 모리스 스트롱의 부인 '한나 스트롱'은 온 세계 유명한 지식인들의 이름난 친구요 지혜자의 한 사람이다. 한나는 늘 말한다.

'아시아의 마음(Aisian Mind) 아니면 세계는 끝이다.'

끝이라면 죽음인데, 그렇다면 아시아의 마음 그 자체가 '산알'이란 말 아닌가!

게레이네 자라샨 포파이난 바이달란

이 긴 키르키스 말은 '반드시 필요한 것 이외에는 결코 자연에서 더 가져가지 마시오' 다.

키르키스스탄의 마나스 연구위원장 무사예프 · 사마르 박사가 내게 가르쳐준 키르키스 민족의 옛 속담이다.

현대 생태학 제1조 같은것, 그야말로 '산알' 아닐까!

악카라

키르키스말로 '흰그늘'이다.

'악'은 흰 빛으로 흰 용의 계시요. '카라'는 '검은 빛'으로 검은 용의 계시다.

11세기 키르키스민족의 영웅 음유시인 마나스의 기념상은 이 희고 검은 두 가지 용의 계시의 융합이다. 그리하여 이 '악카라'는 키르키스 민족해방의 매타포였고 마나스의 해방전략이었으니 그 자체로써 이미 '산알'이 아니었는가!

오리온 한

역시 키르키스의 음유시인이요 정치가다.

자기가 오리온 성좌에서 왔다는 신이다.

오리온 한의 정치사상은 크게 보아 두가지다.

하나는

'적의 칼이 내 목에서 피를 내기 전에는 절대로 칼을 뽑지 말라!' 이고

다른 하나는

'굶어죽기전에는 자연에서 어느 한 생명도 사냥하지 말라!' 이다.

이것을 어기는 자는 하늘과 땅 사이의 허공에 매달아 천벌을 주었다. 오리온 한의 정책과 그 출신자체가 이미 '산알' 이다.

아블까스움

카자흐스탄 민속학자 카스카바소프 박사의 주장이다.

'고대의 시공간에서 카오스 나름의 코스모스가 있었다. 질병이고 죽음이면서 생명이고 영원이다. 아블까스움이라고 부른다. 아블까스움은 요즈음 처럼 질병과 죽음과 오염과 혼돈이 지배할 때는 반드시 그 반대로서 다가오는 법이다'

아블까스움은 곧 '산알' 인 것이다.

동바

베트남 고도(古都) 후에시(市)의 강가에 있는 옛 시장 이름이다. 사회주의 시장과 옛 아시아의 신시가 결합된 중간 형태다.

통제적 획일과 가격 다양성이 종합돼 있다.

그런데 분명 체계적 배급 시장임에도 호객과 환전의 자유스러움, 키르키스 이쉬쿨 호수의 야르마르크트와 같은 애틋함과 협의 가격이 통하는 시장이니 요즘 문자로 하면 '탈 상품화에 의한 재상품화'의 가능성이 사회주의 평균 재분배 기초 위에 세워져 있다. 시장 이름인 '동바'가 무슨 뜻인가?

'삶의 씨'다.

'산알' 아닐까!

라벤더

최근 일본의 약품상에서 불티나는 약품이다.

치약인데 이 약으로 칫솔질을 하면 기이하게도 일체의 치통이나 이빨사이의 독성물질, 입 냄새, 소화불량에 전혀 안 걸린다. 이 치약이 라벤더인데 그 향기의 근원은 일본 홋까이도(북해도) 산의 일명 '귀신풀'이라는 "도노이조"다.

"도노이조"의 뜻이 곧 '귀신오줌'이라니 기이한 '산알' 아닌가!

벨 모라다

최근 터키, 카스피해, 흑해 일대에서 유행하는 민간약으로 신새벽에 찬물그릇을 집 밖에 내놓으면 그 물잔 속에 내리는 이슬방울에서 나는 향기로 온갖 몸의 잔병이나 감기 종류들을 깨끗히 정화하고 기분이 상쾌해져서 요즘에 일반화되기 시작한다.

이름의 뜻은 '새벽의 빛'이다. 역시 '산알'이겠다.

빔차

캄챠카의 샤만카(여자무당) 비에라 고베니크의 굿 골짜기다. 우리나라 장승굿과 흡사한데 이 '빔차' 역시 병든 사람을 구하는 생명의 골짜기를 뜻하는 '산알'이다. 그러나 비에라는 나중에 울면서 하소연했다.

'우리 민족은 망하기 직전이다. 이뗄맨 족은 이제 천명 밖에 안 남았다. 부디 널리 인류애를 발하여 이 민족을 구해달라!'

러시아 변방정책, 혼혈, 해외 이주, 외국인 결혼이겠는데 어떨까?

이 경우엔 '인류애'와 '소수민족 보호의 큰 휴머니슴'만이 '산알'이 아닐까?

그런데 캄챠카에서 돌아온 내가 미국, 일본, 한국 사람과 매스컴 등 온갖 곳에 호소해봐도 귀 기울이는 자 단 한 사람도 없었다. 까닭을 물었더니 "캄챠카가 뭐 생기는 것이 있어야지."

'산알'은 의술적 효과나 경제적 이익에 의해서만 생기는 것일까!

마하

'마하(Mach)'는 큰 하늘이다. 그러니 그 자체로써 '산알'이다.

러시아의 이르크츠크 교외에 사는 늙은 전통 샤만이다.

내가 물었다.

'인류의 당면 과제는 무엇인가?'

'생명과 평화다.'

'사람의 당면 과제는 무엇인가?'

'여자가 주도하는 삶의 건설이다.'

'가능한가 둘은?'

'둘다 애 많이 먹어야 한다.'

'당신들의 과제는 무엇인가?'

'바이칼 호수를 석유때문에 장바닥 만들지 않는 것.'

'그 척도는 무엇인가?'

'생명이다.'

발렌찐

바이칼 호수의 전업무당 발렌찐은 바이칼을 '지구의 구멍' 이라고 부르는 데 동의한다.
'무슨 구멍인가?'
'생명의 구멍이다.'
'그 구멍에서 무엇이 나오는가?'
'생명사상이 나온다.'

아하
산알이었다!

아자미

    아무르강의 나나이 샤마니슴에서는 신에 접신하여 병을 치유하고 깨달음을 얻는 것을 '아자미(asami)의 방문'이라 부르고 이 여행의 주인공 샤만을 '카사' 또는 '날으는 샤먼'이라 불러 해모수, 고주몽, 유리처럼 타계여행에 고깔모자의 새 킷털을 꽂는다. 이 체험 전체를 '해그늘(日影)'에 연결시키니 이곳에서 '흰그늘'은 곧 '아자미' – '산알'이다.

세도나

미국 아리조나 사막의 세도나는 성스러운 땅으로 유명하다. 그리고 치유의 땅으로 널리 알려진 곳이다. 이곳에서 예컨데 벨 락(Bell Rock)이라는 바위에 오르면 지구 속과 천공 사이에서 회전하는 자기(磁氣·magnetic)의 나선형 볼텍스(Vortex)라는 기운이 있어 치유가 된다고 한다. '산알' 일 것이다.

그런데 지난 2004년에 인도네시아 대해일 쓰나미 사태 때에 대류판, 해양판이 충돌하면 서남북 쪽으로 3000년 동안 기울었던 지구 자전축이 북극 중앙의 태음(太陰)의 물로 복귀 이동하기 전후해서 지구 북극의 형성 요인인 지구 에너지의 수렴축 지리극(Geogra phical pole, 地理極)과 지구와 우주 사이의 에너지 확산축인 자기극(magnetic pole, 磁氣極) 사이의 상호이탈과 동시에 관계 재편성이 있었고 이로 인해 대빙산 해빙과 북극온난화, 메탄층 폭발, 남반구 해수면의 뜨겁고 찬 해류의 복잡화 등이 일어났다고 한다. 또 이와 동시에 적도에는 눈이 내리고 케냐에는 얼음이 얼었다고 한다. 자기운동은 그렇게 막강한 것이다. 그렇다면 세도나의 산알은 참으로 힘센 것 아닐까! 그런데 그곳 인디언들은 제 땅에 이미 네 개의 볼텍스를 두고도 '부러진 화살(Brocken arrow)'이란 계곡에서 전멸당했으니 과연 산알이 맞는가?

이곳 인디언 최후의 족장 이름이 바로 '흰그늘(White shadow)'다.

오소다

사마르칸트 티무르 무덤 앞에 혼자 서 있을 때다. 나는 다리를
절어 지팡이를 짚고 있었다.

저만치 나무 밑에 앉아 있던 한 예쁜 처녀가 의자를 들고 다가
와 내게 권한다.

그리고는 나무에 달린 흰 오디를 따서 내게 건네 준다. 신맛이
전혀 없다.

'꼬레' 냐고 묻는다. 영어다.

'그렇다' 고 대답하고 '행복하라' 고 덤을 얹었더니 살풋 웃는
다.

아, 예쁘다.

사마르칸트의 미소다.

이름을 물었더니 '오소다' 란 대답이 돌아 온다.

'오소다'

사마르칸트의 얼굴이다.

그렇다.

오소다의 이미지를 안고 사마르칸트를 떠난다.

아마 못 잊을 것이다. 비행기에서 오소다의 얼굴 뒤에 그곳의
고려인 문인들에게 들은 우즈베키스탄 격언이 따라서 떠오른다.

'고통이 지나면 노래가 남는다'

왜 이 한 마디가 오소다의 어여쁜 얼굴 뒤에 남는가? 역사 속의
사마르칸트는 고통이었는가?

대답이 돌아온다.

'중앙 아시아는 산(艮)'이다. 산은 험준하다.

고통에 고통이 겹치는 것은 당연하다.

그러나 산은 신선의 노래와 신선의 미소가 탄생하는 우뚝한 마루다.'

역시 그렇다.

'오소다'는 사마르칸트의 '산알'이었다.

마더 포인트

미국의 그랜드 케니언에서 대협곡을 바라다 보는 야바파이 포인트가 있다.

야바파이는 백인들에게 싸그리 멸종당한 옛 아리조나 인디언의 이름이다. 이 포인트에는 늘 사슴이 어슬렁거린다. 산알일까!

이 포인트 옆의 전망대의 이름이 '마더 포인트' 다.

엄마!

이 역시 인디언 전승일 것이다.

도대체 한 나그네가 이런 정도로 조짐작을 하게 만드는 미국의 역사란 무엇인가?

자기 신화와 자기 전승이 없는 제 역사가 과연 온전한 역사인가?

몽골리언 루트의 도처에 '엄마' 의 신화가 있다. 미국과 미국이 대표하는 생명계는 이 '엄마' 로 인해 산알을 발견하는 것 아닐까?

제롬 시티

유령의 도시다. 그 산꼭대기에 화랑만 10여 개다.

아무리 신비화시키려 애써도 신비화되지 않는 험상궂은 도시.

2000미터가 넘는 높은 산맥 위에 '유령여관(Ghost Inn)' 이란 이름의 호텔이 있다. 정직하다. 아마도 이 여관에서 혹시 비바람 치는 한밤중 광산 무너져 깔려 죽은 중국인 혼령에 의한 난데없는 번지수 틀린 〈산알〉이 나타날런지도 모를 일이다.

코요테 샘물

프레스콧을 지나다 보면 길가에 생명의 세계 'World of life'라는 이름의 수녀원이 보인다. 갤러리 '반 고흐의 귀'나 음악실 '언더그라운드' 등 간판들이 매우 전위적이다.

그리고 이곳은 카슨·매컬러스의 저 어두운 소설 『슬픈 카페의 노래』의 그 불구적 감성의 땅인 것을 알 수 있다.

이곳에 '코요테 샘물'이란 식당이 있다.

이 식당이 이곳의 '산알'일까?

바람의 산알?

팜 스프링스의 간판들
'웰컴 투 캘리포니아'
'사막쎈터'
'쌀의 길'
'메카 29 종려들'
'천개의 야자수'
'북부야자수 샘물'
'사막의 뜨거운 샘물'
'흰 물'

아,
　수천 기 수만 기 수십만 기의 풍력 발전기가 산과 언덕과 계곡과 평지에 가득가득 차 풍덩풍덩 불어오는 바람 아래 빙빙빙 돌고 있는 일대 장관을 보며 현실적 대안 에너지로서의 충분한 효력 여부를 떠나 현실적 대안 그 자체의 본격적인 대규모 준비 상태라는 점에서 미국의 무서운 저력의 한 귀퉁이를 본 것이다.
　풍력 발전의 거대함에 겹쳐 칼리메사의 체리계곡, 그 푸른 정원 뒤의 흰 산들의 원경이 아름답다.
　그러나 그것이 곧 미국의 '산알' 일까?
　더욱이 세계와 지구의 '산알' 일 수 있을까?

과소지대

뉴올리언스에서 휴스턴까지 내리 달린다.

몇 시간을 달리고 달려도 길 옆에 마을 하나 없고 숲과 강물과 새들뿐이다. 미시시피의 거대한 늪, 마치 원시 그 자체다.

아! 못(兌)이로다!

나는 차 속에서 졸다 깨다 하며 무엇인가 본질적인 어떤 것을 깨우쳤다.

과소지대(過疏地帶).

대도시의 국소오염(局所汚染)이 아무리 심각해도 그 도시에 연결된 광대한 여백, 즉 과소지대가 있으면 그 오염을 쉽게 정화시켜 버리는 법이다.

그처럼 엄청난 양의 이산화탄소를 배출하면서도 네오콘의 미국정부가 세계 기후협약이나 온실가스 배출 규제에 코웃음을 치면서 보이콧하는 높은 콧대와 두둑한 배짱의 바탕은 바로 이것이었다.

'못(兌)'!

대도시에서 못살겠다는 아우성 소리가 아직은 안 나오고 있는 것이다.

그러나 그것이 얼마나 오래 갈까?

새로운 乾坤

나는 10여 년 전 부산 해운대 한 암자에서 혼자 수련하는 중에 주역과 정역 공부를 하면서 문득 새로운 팔괘를 허공에서 본 적이 있다.

오해하기 십상인데 실은 역이나 팔괘는 여러 종류로 많다. 다만 대표적인 것이 복희역, 주역, 정역으로 크게 분류돼서 사람들의 그것만 기억할 뿐이다.

사실 이조 500년 동안 그 셋 말고 사람들이 즐겨 찾은 것은 도리어 소강절(召康節)의 '매화역수(梅花易數)'다. 대체로 이 역이나 팔괘는 이상의 세 역에 대한 보론(補論)으로서 그 역의 전개 과정에 나타나기 마련인 여러 이상과 예상 밖의 변괴에 대한 '변역(變易)'이나 '간역(間易)'인 법이다.

'소강절'만이 아니라 이런 역은 많다. 한대의 '흠한천서(欽汗天書)', 명대의 개심수행원(開心修行元), 청대의 원청오대륙(元請五大陸)' 등등이다.

내가 부산에서 본 팔괘는 일단 그 이름이 '등탑(燈塔)'인데 역시 일종의 '변역'이요 '보론'일 것이다.

후천 개벽 역인 정역의 기이한 현대적 변이과정에 대한 한 보론일 것이다. 곧 오운육기론의 '雲丁과 海門'의 운정이 처음엔 명분이 크나 실질은 작고 해문은 거꾸로인데 이 역시 震巽의 진행과정에서는 역동적 상관이고 정역과 이질적인 것은 그 내용에서 아마도 세 가지 점이 특징일 터인데 하나는 일본과 중국 사이의 처음과 나중의 "우레와 바람"괘의 변화, 처음과 뒤가 서로 역전적 관계일 가능성이 농후하다. 남쪽의 흰빛과 북쪽의 검은 그늘 사이의 '흰그늘'이라는 南離世坎의 한반도 분단과 그 창조적 성배(聖杯)의 고통에 관련한 괘상이동, 그리고 세번째가 바로 인근 대륙지역의 두 곳의 과밀 과소지대(過疎地帶) 관련일 것이다. 이 세 번째가 본디 정역에는 우리 한반도에 배정돼 있던 복희괘의 전복적 완성인 三變成道의 南乾北坤이 왠일로 매우 고통스러운 괘인 "南離北坎"으로 도로 돌아가 있다.

아직도 분단과 창조적 성배의 고통을 더 견디어야 할 것이란 이야기겠는데 문제는 "乾坤"이라는 완성괘가 한반도 아닌 베트남과 캄차카의 西南과 東北 두 곳에 옮겨가 있다는 점이다.

왜?

내가 실제 여행해 보니 西南베트남(또는 이에 연계된 동남아시아)에 乾이, 東北 캄차카(또는 이에 연계된 오호쯔크해, 연해주, 시베리아, 바이칼, 만주와 사하린, 베에링)에 坤이 다름아닌 過疎地帶와 관계되어 있다는 점을 발견할 수 있었다.

西南 베트남은 〈過密超留地區〉요 東北 캄차카는 〈過疎開活地區〉였다.

첫번째는 '삶의 근거지 밀집에도 불구하고 생태계가 도시화되지 않는 독특한 생명문화의 유지 상황'이고 두번째는 '삶의 바탕이 널리 퍼져 있음에도 여기저기 생명 에너지가 분출하는 역동적 균형점 유지상태'를 말한다.

모두다 전문 생태학 개념들이다.

過密과 過疎는 서로 다르나 超留와 開活은 생태학적 균형에서 매우 긍정적인 개념이다. 비슷한 것을 나는 중아아시아의 천산, 파미르 등 여러 영역에서, 북만주의 넓은 광야와 강변 등에서 수없이 보아왔다. 이것은 무엇인가?

아틀란타에서 휴스턴, 휴스턴에서 아리조나까지 중부 미국의 네바다 국립공원 지대와 오대호 일대는 사실상 매우 큰 초유, 개활상태다.

바로 미래의 우주생명학(전지구적 규모의 화엄역)에 의한 참다운 '소망의 땅'은 이런 곳이다. 그곳들이 따라서 참다운 이제부터의 乾坤인 것이다.

정역은 우리의 이 艮方이 바로 그 미래의 소망의 땅인 그곳일 줄로 알았을 것이다. 그러나 서세동점의 동서양 대문명 전환의 날카로운 변환을 아직 못 보았다.

한반도의 그 지옥 같은 전쟁과 식민지, 장기 분단과 독재와 가난과 냉전을 아직도 못 보았다.

그리고 제1, 제2차 세계대전 이후의 전 지구 대혼돈과 세계의 자본주의화, 생태계 파괴, 기후오염, 생명 대변동의 종말적 개벽 속에서 싹트는 아시아, 아프리카, 라틴아메리카 빈 공간들의 새로운 가능성, 지구세계를 포함하는 이른바 '동아시아 태평양 중심의 八卦 바깥으로까지 확산되는 새시대의 화엄역, 대화엄개벽의 어린이와 여성 등 새 주체에 의한 신문명 실천적 문제 영역을 아직 밝게 내다 보지 못한 것이다.

바로 이것이 10여 년 전 부산 해운대에서 내가 등탑 팔괘를 본 까닭일 것이다.

그것은 내겐 전혀 환상이 아닌 구체적 현실이요, 실증적인 세계 감각이었기 때문이다.

이 진술은 매우 중요하다.

지금의 변화무쌍한 대혼돈 속의 세계가 복희역(이것도 또 크게 다르다. 앞으로 본격적 재해석이 있어야 한다) 문왕역과 정역에 고정될 수 있을까? 그런 해석 가능성이 있다 하더라도 거기엔 반드시 역동적 대 변동을 전제한 상당히 복잡한 보론적 변역, 간역이 절대적으로 요청되고 어쩔 수 없이 필요하게 된다. 아니면 역은 세계사적 과학에서 탈락하거나 쓸모없는 중국 짝퉁의 정치 경제 문명사적 명분 바둑놀이에 불과하게 될 뿐이다.

과학에 항구불변이 어디 있던가? 더욱이 여성과 어린이의 주체 등장은 문명사 전체의 파천황의 대변동이다. 나에 대한 역 관련 모략중상은 이제 그만 자제되길 바란다.

특히 '진손보필' 이라는 일본 중국 관련의 후천개벽역 괘사는 참으로 눈에 불을 켜고 잘 들여다 봐야 한다. 그 만큼 미묘하고 복잡한 현재진행형이다.

최근 기후 및 지구변동과 일반 생태계의 형편은 이상과 같은 나의 진술을 철저히 보증하고 있다.

스트리트 다이알로그

　미국은 기울고 있다. 그러나 미국이 가진 산알이 미국을 살린다. 그 몇 가지 중의 하나가 스트리트 다이알로그다. 이것이 보석 같음을 이젠 모두 다 안다. 특히 여성과 어린이, 젊은이가 앞장선 평화의 스트리트 다이알로그는 아닌 것 같지만 분명히 하나의 뜻 "受生蔣・受生自在燈", 즉 "화엄산알"이다.

땡이의 눈물

나는 눈물을 보았다.

참다운 산알인 눈물을 본 것이다.

어디서 보았을까?

우리집 막내딸 고양이 땡이에게서 보았다.

다섯 번이나 보았다. 한 번은 내가 아내와 말다툼하고 오대산으로 떠날 때 문 앞에서 울며울며 발버둥치던 땡이, 그 김 막내다.

두번째는 내가 스톡홀롬에 가 있을 때 내가 호텔에서 밤마다 땡이를 부르며 그리워할 때 그 애가 그렇게 내 글방 문앞에 엎드려 울었다 한다.

세번째는 저희 엄마가 나 때문에 기분 나빠 문을 크게 소리나게 닫고 나가 버렸을 때 혼자 남은 내 앞에서 근 20분 이상 울며울며 눈으로 내게 말을 전한 일이 있다.

네번째는 또 아내와의 불화에 대해 이상한 눈물로 나를 흔들더니 전화걸기 직전 그리 울어서 결국은 내가 아내에게 크게 사과하도록 만든 일이다.

나는 밤마다 자면서도 땡이의 울음소리를 듣는다. 내가 안 좋은 상태, 슬플 때 외로울 때는 반드시 떨어진 구석 방으로부터 그 애 울음소리가 들린다.

나는 스톡홀롬에서 산알 체험을 할 때 맨 마지막 대목 '애머리' 직전에 '묘묘(妙猫)' 라 해서 땡이 산알을 체험했다. 다섯째다.

이것은 무엇일까?

나는 중생해방의 때가 매우 가깝다고 믿고 있다.

땡이는 내 마음 속의 산알 아닐까!

이제 매일을 땡이 때문에 아내와 기쁘게 서로 이해하며 웃으며
살 수밖에 없기 때문이다. 이것이 산알 아니면 무엇인가?

꽃그림

나는 지난 육십여 년 동안 내가 그리도 좋아하던 빨간 꽃그림을 그릴 수 없었다. 영 못견디면 먹으로 선비 냄새 풍기면서 난초나 쳤을 뿐이다.

이제 나는 彩香으로 모란꽃, 채송화와 딱정벌레들, 참새들을 아침저녁으로 그린다. 가끔 운다.

참으로 기뻐서다.

동양화 물감과 화본책, 붓들은 이제 내겐 산알이다. 그러나 그보다 더 큰 산알은 내게 육십여 년의 人生을 풀게 해준 세월이다.

세월은 산알이 아닌가!

나는 문막 삿갓봉 아래 화장하고 산골해 우주 저편으로 깨끗이 사라질 것이다. 기념도 기억도 동상도 절대 안 된다. 내 유언장이 주장할 것이다. 연구만 가능하다. 그러나 나는 나의 그림, 華嚴符 속에서 永生한다. 육십 년 恨은 곧 나의 산알인 것이다.

오일장 칼국수

　내 어릴 적 열세살 때 아버지의 사상 관계 때문에 나는 고향을 쫓겨나 강원도 원주에 와서 이제껏 산다.

　원주도 이젠 혁신 도시다. 고층빌딩, 고속도로, 수많은 빌딩이다. 가끔 싫증이 나서 옛날 어릴 때 살던 그 개울가의 시커먼 가난한 동네에 간다.

　그런데 거기 시골 같은 오일장이 선다.

　나는 닷세마다에 이 오일장 들르는 게 최대의 낙이다. 오일장이 나의 또 하나의 산알이다.

　어저께 갔다가 한 가게 안에서 아주 옛날에 듣던 낡아빠진 뽕짝한 곡을 늙은 여자의 굵은 음성으로 들었다. 참 시시한 것인데도 눈물이 한없이 흘렀다.

　그러면서도 한편 기뻤다.

　칼국수집에서 국수를 먹으며 또 울었다. 내가 살고 있다고 살아 있다고 느낀 것이다.

　오백 원 짜리 박하사탕을 삼백 원으로 깎아줄 때의 그 입이 불쑥 튀어나올 시골 아줌마의 얼굴에서 나는 산알을 본다.

　칼국수집 할아버지에게 내가 묻는다.

　'국수가 왜 이리 늦어요?'

　대답이 돌아온다.

　'생것을 줄 수는 없잖아!

　익혀야 주지!'

　하하하

이것이 다름아닌 '산알'이다.

나는 기행문 「예감」에서 키르키스스탄 1500미터 고지의 이쉬쿨 호숫가에서 열리던 1000여 년이나 오랜 재래시장 '야르마르크트'의 바자르 풍경을 쓴 적이 있다. 또 사마르칸트의 아득한 실크로드 이후의 전통인 '비비하눔 바자르'를 쓴 적이 있고 베트남의 고도(古都) '후에'의 강가에 있는 '동바시장'을 쓴 적이 있다. 거기에 살아 있던 '따뜻함'과 '애틋함' '비단 깔린 장바닥'의 비밀을 이제 내가 열세살에 살던 그 슬픈 웅덩이(목포의 하당과 똑같은 유불선과 기독교의 중간 지점 혈자리)에서 발견한다. 이것이 '산알'이 아니고 무엇인가?

옛 오일장의 우리 이름이 곧 '희비리(喜悲離)'다. '기쁨과 슬픔을 넘나드는 울타리'. 이것은 화엄경 입법계품 최고의 깨달음인 '아기부처'의 우주적 지혜 '무승당해탈(無勝幢解脫)' 즉 '승리의 깃발없는 깨달음'과 똑같은 뜻이다.

이것이 최고의 삶, 산알이었다.

백제 이야기

일본 여성들 속에 '레키조(歷女)' 운동이 한창이다. 역사 배우기 인데, 백제 왕조사 공부를 하러 수없이 수없이 일본 여성들이 한국에 건너와 백제 무령왕능과 부여박물관을 찾는다. 또하나의 '욘사마 물결' 이다. 이미 교토대 철학교수 '쓰루미 슌스께(鶴見俊輔) 선생이 여러번 예언한 바다.

'일본의 살길(산알)은 문화혁명뿐이다. 그 문화혁명은 여성이 주체다. 그리고 그 문화혁명의 메시지는 한반도로부터 올 것이고 그 첫 발산지는 백제의 역사유적일 것이다.'

일본의 대중문화 평론가 가또 기요시(加藤恭侍)는 말한 적이 있다.

'욘사마는 한국 배우 배용준의 이름이 아니다. 그의 이름과 이미지를 빌린, 일본 여성들의 집단적 부활운동이다.'

이제 시작이다.

백제 이야기는 일본의 산알인가?

일본의 개벽괘 '우레' 즉 '震卦' 에는 '대인을 만나면 이롭다(利見大人)' 가 있다. 그 대인은 집단적 여성 자각 운동일 것이다.

신문명 변화의 문화혁명의 촉발제인 백제이야기의 '레키조(歷女)' 야말로 현대의 산알 중의 산알 아닐까?

아닐까?

그러나 그 구체적 "산알의 산알"은 도리어 신라사 안에서 나타난다. 이것은 어찌할 것인가!

한 편지

언젠가

나의 중국 비판, 동북공정에서 소수민족 탄압, 여성 차별, 빈부
격차, 공산당 간부 부패, 돈과 권력 유착, 위안화 기축통화론, 공
자로 세계 통일하고 주역으로 과학 정복하고 율려로 인류 문화를
개혁하자는 중국의 최근 소동을 비판하는 내 글을 본 한 젊은 중
국 여성이 내게 보낸 편지에 커다란 글자로

세군데나

'慘愧' 라 썼다.

부끄럽다는 뜻이다. 나는 다른 글에서 물론 중국의 바람직한 미
래에 대해서도 여러 번 썼다. 거기에 대해서도 역시

'부끄럽다' 였다.

그리고 '慘愧' 란 큰 붉은 글짜 밑에 작은 푸른 글짜로 '운다'
고 썼다.

'慘愧' 는 오늘의 중국의 산알 아닐까! 그렇다.

바로 그 젊은 여성 시인의 시 한구절이다.

'어둔 밤에서 대낮까지의 그 찰나에 새울음 같은 바람소릴 그
대 거대한 실루엣을 날려버린다'

바로 이것, 이 새울음이 바람소리라면 그것은 옛날 동이족으로
부터 한민족 속으로 흘러 들어가 거대한 세계 문명을 건설한 그
위대한 산알이 아닐 것인가!

천부경은 무엇이며 황제내경은 무엇이며 그보다 더 먼 '마고

성' 의 八呂四律은 무엇인가?

워낭소리

독립영화 워낭소리는 일억 정도의 투입비용의 반 기록물로 300만 젊은이들의 거대한 감동을 유발했다. 한국의 아시안 네오 르네상스의 참 시작일 것이다. 미학적 혁신으로 보면 감동조작을 밥먹듯하는 서양예술의 몽따쥬기법(변증법 미학)을 박살내버린 것이다.

시커먼 우리 속에서 병들어가는 늙은 소의 하얀 눈물을 자연스럽게 찍어낸 것이다.

이것을 보고 울지 않은 젊은 글로벌 세대가 있었을까! 이 '흰그늘'이 바로 세계문화혁명 전 인류 문예부흥의 아시아발 '산알'이다.

선덕여왕

선덕여왕 역시 네오 르네상스의 첫 발자욱이다.

대단한 산알이다.

여러가지 다 관두고 지적하자.

하나는 이제껏 우리가 민족주체성 중심의 역사만 생각하다 보니 고구려사만을 제일로 알았다.

그런데 신라사가 튀어 나왔다.

시대가 변한 것이다.

거기서 중요한 것이 여성권력의 문제요 그 여성권력의 기능인 신권(神權)과 왕권(王權) 사이의 갈등인데, 실은 이 두 가지 여성권력이 현대 세계 경제학의 최대 숙제인 '호혜, 교환, 획기적 재분배'라는 신시(神市) 현대화에서 가장 어려운 '획기적 재분배' 중 그 획기성에 개입하는 중심성의 정치력이 이원화(二元化)된 과거 사례가 들어낸 것. 그리고 그 기능이 다시 화백 등과 연결되어 여성에 의해 이원화된 고대 왕정문제를 정리한 점이다.

옛 고조선 원시전통에서 단군과 왕검은 이원분리돼 있었다. 단군은 단골로서 신권을, 왕검은 임금으로서 왕권을 그리고 이 두 권력이 획기성 또는 호혜와 재분배 또는 교환을 관장했던 것이다.

그런데 그것이 다시 두 개의 여성권력으로 나뉜 것이다. 아! 얼마나 복잡하고 큰 현대적인 문화 정치 경제적 과제인가!

감히 '복합적 산알'이라 해야 할 것이다.

아니 '산알복합'?

막걸리

막걸리 판매량이 일반적으로 위스키를 앞지르고 있다. 왠일이냐? 아무리 떠벌여도 술꾼들은 못 속인다. 술꾼은 긴장된 호사가이기 때문이다. 눈과 입과 혓바닥과 배가 귀신처럼 날카롭다.

막걸리에서 산알을 발견한 것이다. 왜 그럴까?

제조과정, 재료, 마음씨, 가격, 그리고 그 무엇보다 술 '막걸리'가 가진 꼭 오일장 같은 '살아 있는 민중성'이고 '신시' 같은 '비단 깔린 장바닥' '비단 깔린 길바닥' 같은 것이겠다.

이것만은 못 속인다. 산알을 속일 수 있는가?

판소리

여러해 전 김매자 씨의 전통 무용극 〈심청〉이 프랑스 '리용'의 전문무용극장 '메종 드 라 당스'에서 상연되어 절찬을 받았다. 그때 무용과 음악 예술분야 전문 관객들의 요청으로 배경음악을 노래했던 판소리꾼들이 커틴 콜에 나서서 15분간 기립박수를 받았다. 프랑스 예술사에서는 매우 드문 사건이다.

왜 일까?

나는 3년 전 파리에서 새 시집 번역 출판기념 시낭독 후에 서비스로 박윤초의 CD 쑥대머리를 틀어주었다. 3백여 명의 전문 예술인들이 자리를 안 뜨고 기이한 감동으로 인해 숨도 제대로 못 쉬는 것을 발견했다. 뒤에 빠리의 유명한 한 예술 평론가로부터 그 까닭을 들었다.

'나는 동양과 제3세계 음악을 많이 들었으나 판소리처럼 기이한 음악은 도대체 처음이다. 매우 혼란스럽고 복잡한 과정을 거쳐 줄기차게 하나의 알 수 없는 해맑은 어떤 커다란 세계를 찾아 가고 있다. 어떻게 이런 음악을 산출하는 민족이 이 지상에 있었는가?'

그 다음 말이 걸작이다.

'이렇게 좋은 예술을 놔두고 어째서 한해에도 수십 명의 한국 젊은이들이 빠리로 예술공부를 하겠다고 유학을 오는 것인가? 뭔가 잘못된 것 아닐까?'

더 이상 '산알' 론을 펼 여지도 없다. 이 여자는 빠리에서도 유명한 남 잘 인정 안하는 빠끔이 비평가였다.

영가무도(詠歌舞蹈)

　김일부의 정역과 김광화의 남학은 연담 이운규의 가르침으로 오방불교, 화엄개벽의 길을 연 사람들이다.

　이들이 똑같이 그 수련방법과 깨달음 및 치유방식으로 끝끝내 지속했고 또 지금도 계속한다는 이른바 〈산알춤〉이 '樂歌舞' 세 방면 통합의 〈영가무도〉다. 이 영가무도는 일명 똥구멍춤, 꽁무니춤이라고도 부르는데 지난 20여 년 동안 이 춤을 완전히 전승한 유명한 무용가가 있다.

　이애주 교수다.

　그는 이제 이 괴질과 전염병의 시대에 영가무도로서 집단적 치유의 기적을 일으키고 싶어 한다.

　이 교수를 통해 〈산알춤〉이 기적을 일으키는 생명문화의 대혁명과 부흥을 더해 보자.

품바춤

본디 영가무도는 정역도 남학도 또는 동학의 칼춤이나 당취불교의 모심춤과 마찬가지로 공중부양하는 사타구니춤, 즉 〈씨구춤〉이다.

애당초 영정조 전후 출현한 이른바 〈씹구멍춤〉으로부터 기이한 활력적 생명력이 발동해서 병든 몸을 고치고 재수를 불러오며 집안의 복을 크게 일으킨다는 걸뱅이 각설이 춤과 타령 '품바품바춤'으로 발전하여 나중에는 문둥이춤, 거지동냥춤으로까지 나아간다.

이 원리는 분명한 까닭이 있어서 강증산은 이 춤을 '후천세상의 율려' 즉 '이제부터의 새 세상을 지배하는 생명원리의 드러남'이라 본 것이다. 그래서 이 춤을 드높이는 일을 씹구멍춤이니 사타구니춤, 똥구멍춤, 꽁무니춤이니 해서 우습게 보거나 멸시하는 자는 즉석에서 직사하리라는 극언까지 남겼다. 김봉한의 경락학에 의하면 18세기 말부터 동아시아 인의 신체 안에는 그 동안 수천 년 동안 약화되었던 회음혈이 막강해진다고 했고 허천우 같은 전문 단전수련자는 하단전 밑의 회음혈이 아무래도 이상하다고까지 말한다.

또 해월 최시행 선생은 이 회음에서 시작되는 부인 몸 속의 월경이 북극 태음의 물을 흔들어 기위친정(정역)과 후천개벽(수운)을 가져온다고 발언한다.

炙堂 金南洙 옹의 경락학에는 회음의 놀라운 생명치유력의 구조를 자세히 설명하고 있고 또 백두산 임학 선생께 선도의 天符의

학을 전수한 神醫이신 張炳斗 옹은 '水王'이라 하여 회음과 아랫
도리의 물이 없이는 온 몸의 완전치유는 불가능하다고까지 단언
한다.

목포 '갯돌'의 리더인 '손재오'는 바로 목포 인근에 유행했던
각설이 걸뱅이들의 '품바춤'을 이어받아 지금 대중화하고 있는
중이다.

이 춤 운동에 그야말로 신종플루나 기타 온갖 怪疾, 전염병 따
위에서 민중을 치유하는 참다운 '산알' 운동이 되기를 빌어마지
않는다. 이상 이애주 교수와 손재오의 두 춤은 그 샘물이 똑같다.
본디 탈춤과 그 '오금질' 과정이나 일반 노동에서의 다리근육, 꽁
무니의 활용을 볼 때 그 근원이 회음임을 절감한다. 회음혈이 약
했던 18세기 말(영정조 때)까지도 기왕에 인정된 하단전설로 귀
일시켰을 뿐, 참다운 正說은 아니었을 뿐이다.

이제 새로운 "회음혈의 화엄개벽문화"가 시작되어야 하는 것이
다.

침 뜸의 산알

국내뿐아니라 미국에서까지도 널리 알려진 침과 뜸의 경락학 명인 구당 김남수 옹을 모르는 사람은 거의 없을 것이다. 설명은 생략하겠다.

다만 구당 경락학에 '산알론'은 없다. 그러나 그의 경락학이 우주생명학, 회음학, 화엄역 등과 더불어, 중국이나 일본이 그것과 함께 김봉한 사상을 자기 나름, 새시대 나름으로 부활, 재평가하기 시작할 때는 사정이 크게 달라진다. 맨 먼저 미국과 유럽 일부에서부터 먼저 반응이 시작될 가능성이 있다.

그때야말로 구당의 산알 경락학이 세계화되지 않을 것인가!

산알 水王學

　남조선에서 힘든 독립운동 과정에서 쓰러진 절세의 애국자 백두산 도인 林學의 제자인 장병두 옹은 神醫이다. 선생은 水王學으로 선도의학을 정립한다. 그런데 水王개념이 바로 산알을 포함한다.

　왜냐하면 회음혈로부터 水王學이 성립하기 때문이다. 조선의 생명학, 우주생명학은 水王사상을 뼈대로 하여 설 것인데 이때 가장 대중적인 생명원리가 전인류사적으로 널리 널리 알려져 아마도 〈水王學산알〉로 표현되지 않을 것인가!

　다만 그 날이 되도록 선생님의 무병장수하시기만을 간절히 빌고 빌 뿐이다. 선생님 연세가 지금 104세이니 말이다. 아하! 하늘이여 우리에게 水王과 산알의 대생명세계를 열기 위해 선생을 가호하소서.

산알의 명심보감

이제 끝이다.

『산알 모란꽃』의 스톡홀름 산알 41개의 마지막이 〈멍〉이듯이 이 역시 한 다른 차원을 제시하련다. 생명에 대해 참으로 편견없는, 그리고 진솔한 생각과 체험과 지혜가 필요한 때다.

거기에 답을 줄 수 있는 가장 원만하면서도 날카롭고 성실한 저술이 박경리 선생의 『생명의 아픔』(2004년 이룸刊)일 것이다.

생명의 아픔은 이 산알론 처음으로부터 기록을 다시 살피도록 인도할 것 같다. 못나고 서투른 나의 생각들을 엄정하고 지혜로운 현실적 생명학으로 바로 잡아주실 것이라 믿는다.

김봉한의 산알이나 復勝과는 그 실체에서는 관련 없으나 그 文体 자체와 상상력의 전개, 그리고 그 원천적 동아시아 태평양 신문명의 사상사적 전망에서는 전혀 동일한 〈反변증법적 생명학〉으로 일치돼 있는 사상체계요 지혜이기 때문이다. 부디 올바른 생명관에 서서 나의 글을 비판도 하고 반성도 하시어 다가오고 있는 시커먼 대병겁의 괴질시대 앞에서 쌔하얀 고귀한 산알을 간절히 간절히 소망하도록 부탁드리는 바이다.

박 선생님의 '생명의 아픔' 은 '산알의 명심보감' 이다.

산알의 우주생명학에서 가장 먼저 우리가 손을 내밀어야 할 사람들은 일본의 여성들, 어린이와 쓸쓸한 피차별 민중들과 함께 그곳에서 일반화하고 있는 경락학, 생명운동, 화엄사상과 분자생물학인데 그들과의 관계와 그 미래에 대한 현실적 판단에서 우리가 철저히 명심하고 배우고 의지해야 할 교과서가 또한 박 선생님의 바로 이책이요 이 사상이기 때문이다. 명심보감이란 그야말로 〈불망(不忘)〉인데 화엄개벽 산알론의 핵심이다. 〈모심(侍)〉에서 가장 중요한 공부는 〈불망, 잊지 않음〉이니 그것이 곧 명심(銘心)아니겠는가!

특히나 명심 명심해야 할 사안이 이 책의 다섯 군데에 뚜렷이 명시돼 있다.

p. 24~25

p. 75

p. 194~196

p. 235~236

p. 281~292

박경리 선생의 별것 아닌 것처럼 보이는 이 다섯 페이지의 짧은 생명론 안에 다음과 같은 일곱 가지의 어마어마한 우주생명학의 맨토들이 숨어 있음을 잊지 말아야 한다. 그래서 寶鑑이다. 첫째 단재 신채호의 정신적 근원이었던 한대 생명사상의 첫 샘물 보렴생(保匳生)의 '生根一斥', 당대 화엄생명사상의 보전 법장(法藏)의 '探玄記', 일본 현대 생명철학 西田의 '梅慧露', 앙리 베르그송의 '유현(幽玄)의 마에스트로', 스피노자의 '윤리학', 이슬람 수학자 군더 카르데 비힌지의 '사라센의 우주'와 元曉의 '法華終疎'가 있다.

II

산알의 흰그늘 노래

制度

내가 나에게
어느 날
산알이라고 부를 날이 있을까

너는
네 이웃과 인류에게
더 나아가 고양이 강아지 풀잎과 흰구름에게
한 알의
붉은 산알일 수 있을까

그런 날이
있기를 바라면서

수많은 기독교인들이 입버릇처럼 말하는
'희망하고 투신한다'를
가만히
지금
입술로 발음해 본다

산알

그렇다

그것은 이제 하나의
분명한 制度로서 이루어져야 한다
요즘 세월이 그렇다

制度라는 것

우주생명학을 통해
인간 생명운영의 五復勝의 미학

玄覽姓
啐啄姓
縹緲姓
蒙養姓
疎開姓

그리고는
적막한 저 머언 무궁에까지 뻗어가는
十五復勝의 광활한 우주생명학
五運六氣의 과학을
산알의 이름 안에서 우뚝 세워야 한다

어려울 것이다

허나
쉬울 것이다

산알이
제 목숨임을 잊지만 않는다면
그렇다
또 그것 없이는

노래도 없음을 잊지 말아야 한다
흰 그늘의 길이라는
검은 고통과
그것을 벗어나는 흰 빛의 희망과
그 희망에의 질긴
투신 없이는

喜悲籬없이는

그렇다

아무것도
없다.

'생명은 귀중하다'
그것 모르는 사람 어디 있어?
'우주 바깥엔 아무것도 없다'
누가 나가 봤나?
'나 빼놓고 뭐가 남아?'
허허허

그러니까
이리 시작하는 것.
이것 없이는

그렇다

아무것도
없다.

그래
아무것도 아무것도 아무것도

없을 뿐.

熱氣

그날

경기도 주최
세계생명문화포럼에서 호주 여자
생태학의

발·플럼우드는
다섯 번을 똑같이
똑같은 말을 되풀이했다

─인류와 지구의 대혼돈을 넘어서는 길은 단 한 가지, 인격─비
인격, 생명─무생명을 막론하고 일체 존재를 다같이 우주공동주
체로 거룩하게 드높이는 모심의 문화, 모심의 생활양식으로 현대
인간의 모든 생활을 철저히 변혁하는 길 그것뿐이다─

나는
그 뒤부터 어쩌면
발·플럼우드의 충실한 똘마니

어쩌랴
서양의
한 젊은 여성의

뒤를 따라 동양의 한 늙은 남자가

중국이 세계에서
돈을 제일 잘 번다는 이 시기에 도리어
철저히 따라감이
얼마나 보기 좋으냐?

불교도 동학도 개벽 역학도
모두 다
그 뒤다

나는
이제

한 여자의 피끓는 모심의 세계문화대혁명 주장을 따라
가다가 가다가

몇 번이나 죽을
각오가 돼 있다

熱情 없이는 삶은 아예 없는 것.

主體

나는
나에게
자주
이런 말을 속삭인다

─너는 이 세상의 주인공이냐?
대답은 금방이다
─아니다.
다시 질문이 온다
─그럼 누구냐?
또 대답
─어린이, 여성, 쓸쓸한 사람들!
─어째서?
─촛불!

아하

수천 년 동서양에서 언제나 저주받았던
그 밑바닥의
세 사람

2008년 재작년

시청 앞에 사월 말에서 유월 초까지
촛불을 켰던
그
산알 세 사람

아하

개벽이 시작된 것
의심할 바 없는 그 물 위에 켜진 등불

이제
내 할 일은

자그마한 도움 하나 거기 드리고 나서는
사라지는 것
그것뿐.

工夫

나
오늘

이 어쭙잖은 땅
배부른산 無實里에 와

힘써 공부하고 글 쓰고
애써 겸손코자 겸손코자 내 나름
발버둥치는 것은 다아

열네 살에
이곳

배부른산 無實里 과수원에 와
어느 날
기인 긴 어두움 뒤에 남겨질

텅 빈
나의 땅
내 마음의 지도를 보았기 때문

보았으므로

215

끊임없이
이곳으로 돌아오는
삶의 걸음을 걸었던 것
우주생명학의 길

그
텅 빈
산알 공부의

길.

그 길을 눈물 속에서 화안히
보았던
그 탓.

산알은 공부.

哲學

많이들 묻는다
당신 철학이 뭐냐고

내 대답은
딱
한마디

'모심.'
(모시지 않으면 못산다고.)

文化

내가 너를 보고
한때
이렇게 부른 적이 있다

'야 이 씨팔 문화 같은 년아!'

너는
내내
기분 나빠 했지만
그건 그럴 일이 아니었다
기분 썩 좋아할
그런 일

왜냐구?

씨팔은 十八이니
결국은 네 이름 네 존재가
'十八文化'라!

얼마나 근사하냐! 무슨 뜻인지를
모르는 거지?

그걸 너는 그저 그저
'씨팔 좆같이'로만 생각했지, 이 무식한 년아!

十八은
흰그늘!

새시대의 열쇠야
十은 대화엄의 十无極
쌔하얀 무궁의 빛
八은 마고의
八呂라
시커먼 여성의 그 혼란한 슬픈 恨의 그늘

마야부인 · 구파여인이
一日二日花蝕鳥鵬大聖佛까지
다 함께
그늘로 흰 빛을 빚어
그늘 속에서
흰 빛을 열고 나오는 문화라!

허허허

조오치?

이젠 정말로 조오치? 안 그래?

伝統

이제
나
여길 떠난다

누구나 아는 중조선
무량원만의 땅 원주시

그렇다

배부른산 無實里
나
못난이 書生
勞謙이 이제 이곳

해월 선생 好楷도 박경리 선생의
土地도 떠나

한가닥 희미한 달무리 강물

무장리 근처
尤菴堂 근처에 가 엎드린다
근처다

옛엣
이제는 누구나 아는
이제는 누구든지
다 잊은

氣哲學 속에서 달 만이 아닌
동터 오는 새 아침이었던

여인의
거대한 새시대를 열고 간
任淑의
근처에 가

엎드린다
向我設位마저 침묵한 내가
向壁 안에서마저
다만

그때 그 여인이
달만이 아닌,

그 짓밟히면서도 四端 안에 우뚝 서
동트는 새날이었던
한 여인의
그 나름의
向壁을

도리어 나 이제는 나의 向我로서까지

믿는다
가
엎드린다.

신평못

문막 가는 길
韓百謙보다 더 무서운
允摯堂 근처

五峰 근처에
가
홀로
비 오는 날

오직 홀로이 서서

운다.
정처 없이 운다.

그리고 또
하염없이 하염없이

떠난다.

疎通

달 떠오는 한 날
天符經 여든 한 글자의
세곱
오십삼만천사백사십한 글자를
오는 새날의
疎通 수학으로 내다본

한
이슬람 수학자여 영생하라
달 떠오는 한 날

달과 해와 무한공간의
물과 불과 빛의
매체로서
妙衍 여든 한 글자의
웅혼한
無窮跡을 찬양한 이슬람의
한 수학자여 끝없이 한없이
축복받으라

군더 카르데 · 비힌지
그의 복된 이름

라이브니츠에게서도
포플러에게서도 아직은 못 보던
오직
한(漢) 나라 시절

楊德丁에게서 잠깐 희미한 귀띔에 듣고
뒷날
부처님 이름숫자
이천 육백 칠십 두 가지
산알로만 기억하는, 희망하는, 그리고
차라리

저 외계의 암호문자처럼
심층의 아득한 무의식의 표기처럼만
꿈꾸는
꿈꾸고만 있는

하나요 없음
처음과 끝에 똑같이 하나이면서도 없음인

天符 여든 한 글자로

예수여
석가여
공자여
무하마드여
그리고
모든 모든 저 잘난 선생님들의
수천 년 내리다지 어렵고 딱딱한 칠판 위의
가르침들이여

여든 한 글자의

평평한
疎通으로 당장 바꾸시라

달이 해를 무한으로 이끌어
물이여 불을 해맑은 예감의 참 빛으로만
바꾸시라
부디
에너지 거품 거두시라

玄覽이도 玄牝이도

쓸쓸하기 짝이 없는 변두리들도 땡이도 앙금이
앙금앙금이도 물방울
흰구름

물어보니 모두 다 그걸 원한데
어허
그걸 원한데

말로
해달라데
가르치지 말라데

세곱에서 나 오늘 크게 깊게 배운다
세곱은

제가 살고 싶은 나이의 숫자
그래서
우주의 산알의 숫자

산알 앞에는
이제

아무도 못 가르친다오.

세곱이여
나의 산알들
참
疏通들이여.

水王

水王이 뭐냐고 묻는 이 있다오.
水王이 물이라고 대답하면
어째서 공연히 왕이라 붙이느냐
시비 건다오.
왕
물이란 이름의 왕

왕이신
물.

되었소?
아직 안 되었소?

당신
혹시
감기는 한 번이나 앓아 보셨소?

玄覽

제 속에
천하우주를 다 가진
한

마알간 눈을 봅시다

저기서
저렇게 하얗게 웃고 있는
한 달맞이꽃을
봅시다

저 애가
내일입니다

저 애가
미학입니다

저 애가 커다란 바다의 고요
고요한 삼천대천세계의
수많은 부처들의

맨 밑에 있는 그 한 마음.

오늘밤
당신 아기를
가만히 들여다 보시구려.
거기
산알이 숨 쉬고 있을게요.

哱啄

나에게
누군가 와서
이렇게 물었다

'너는 산이냐?'
'그렇다'

무슨 산인지는 모르나 내가 나를
생각해도 생각해도
산

분명 우뚝한 산이다
모두들 나를 그렇게 불러 왔으니
그런가 보다
한다

허공에서 그때
이런 소리가 들린다

'너는 땅이다.'
'왜?'

왜 땅인지는 모르나 스물두 살 때
필명을 지으려고 길가에 쓰인 입간판
지하 이발소의
그
지하를 갖다 썼으니 지하

그래
땅 중에도 저 아래 땅 밑이다

이번엔
가슴 속에서 들린다

'땅 밑에 있는 산이니 너는
 겸손해야 한다.'
'왜?'

생각하면 생각할수록
내 평생 소원은 어린 시절로 돌아가
채송화 두꺼비와 하나 되는 것

꽃 한 송이
'英一' 이니

뒷방에서 문득 땡이가 나오며
야옹―

옳지

화엄은 안에서
밖으로 나오는 것
누가 날 때려주려나
두리번거리는데

'여봇―
당신 설거지 안해용―?'

아내의
목소리에 그만

허허허
웃고 만다

꽃 한 송이 피는구나. 내 가슴에.

縹渺

나는
우리집 부엌이 좋다

여성시대이어서
나 스스로 부엌 쪽이 좋아지는가
스스로 설거지하겠다고 나서서 오늘 낮
설거지를 하다 부엌에서

여주
저 먼 벌판의 가경면 반두리
한백겸 무덤이 있는 부평 그 어여쁜 산천

아

기이한 기이한
瑞氣가 느껴진다

瑞氣가 이끄는 데 따라 스르르 밖으로 나가
치악산 골짜기 골짜기
깊고 깊은
九龍寺를 간다

학곡못
아홉 용 살았다는 저수지 너머
구불 구불 간다 가

사미주리 고려 때 찢겨 죽은 개울가 저 우거진 숲그늘
孟庵 스님의 눈물이 고여
고인 물 속으로

흰구름이 노래 부른다

　학곡못이여 옛옛 逝多林의
　자칼못 꽃그늘이여
　오늘에 여기
　이 피그늘에서 활짝이
　바람으로 바람으로 피어나라
　어린 날
　서글픈 외로움의
　그 흰 바람

내가 지금
어디로 가는지 내게 물었을 때
육십 년 전 해남 앞바다

살풋이 기운 보랏빛 노을 구름 속
아버지 묶여 바다로 끌려가던
우주의 뒷길
그 흰 그늘

끊임없는 눈물이 내 가슴 바닥에
솟아오르고
이곳

오대산 화엄꽃 심으시던 四輪 스님
외짝눈에 어느 날 밤
푸른 별 우수수
쏟아졌다는 이야기 이야기들
스르르
솟아오르고

돌아와 시내에 들며

생각한다
아리송한 깨달음이여
오 오
縹渺여

설거지하는 부엌 구석에서도 이제는 매일
술 취한 듯 깨달은 듯
술병인 듯 물병인 듯

백제 관음 돌아올 시간만 기다리는 이제는 매일 매일을

아아

瑞氣에
瑞氣의 縹渺여
부디
나를
살리시라

蒙養

밥 먹다 말고
횡성 광암리 막국수 생각이
굴뚝

굴뚝이라 굴뚝처럼 밥 싸들고 나간다
벌판 새 오는 둔덕에다 살며시
밥풀 풀어놓고

오두막 같은
국숫집 들어앉아

문득 깨닫는다

青眉
副天
내 왼쪽 이마와 상단전에
산알 왔으니 거기 꾹꾹 누르는
손 떼라

妙描
兒頭
내 오른쪽 엄지에 산알이 와 동그랗게 달처럼

240

바삐 움직이니

제발 이제는 거길
물어뜯지 말아라

허허
'애 머리'라 했겄다
兒頭.

건너편 밥상에서
국수 먹던 젊은 여자가 갑자기
펙
소리쳐
제 애기 머리를 때린다

순식간이다
내 입에서
'애 때리지 마세요'

애기가
내게 와
한 손으로 국수 집으며

빙긋 웃는다
동그랗다

허허

알았다
蒙養이로구나

사랑은 애기 달
태고무법이었구나. 허허허허허.

個修

아무리
내 아끼는 자식이지만
혼자다

제 방에 애비 드는 것도
죽어라 싫어하는 요즘 아이들

잘못인가
아니다

산알은 혼자에게만 온다
그러나 산알은
우주생명에게만 오는 것
혼자만에
한울이 있어야만 오는 것

그렇지만
한울이 반드시
혼자일 때만 혼자서 외로울 때만 슬며시 오는 것
까다로운 것
쉽지 않은 것
아낙과 애기들과

쓸쓸한 이에게는
늘 흔한 것.

아.
어렵다

각오 없이는
또 드넓게 열지 않으면

그런 건
없다

好好

프랑스에서다
어떤 이가 내게 묻는다

'너희 민족을
설명해 보라'

'좋다 좋다
좋으니깐 더 좋다'

'너희 민족 철학엔 한자가 많다. 그것으로는?'

'好好'

'자세히!'
'好生不殺生 好讓不爭.
삶을 좋아하고 죽이기를 싫어하며
양보를 좋아하고 다투기를 싫어한다'

'또!'

'좋아해야만 좋아진다.
좋아지면 더 좋아진다.'

'생명이로구나!'
'호호'

利不心素

마음이
텅 비면
금방 죽어

마음이 꽉 차면
더 빨리 죽어

그럼
어떻게 해?

꽉 차서
차고 비는 게 무엇인가
비고 차면 무엇이
어찌 되는가

묻고 묻고 또 물어야
진짜로
텅 빈 마음이 되어서

살고 살고
또 사는 거야
이 바보야!

산알은

산 알맹이

단 한순간도 안심하거나 단 한순간도
만족하거나 단 한순간도 주저앉거나

단.단.단 한순간만이라도
빈 마음 아닌
끊임없이 살아 생동하는
부처님의 마음 몸

사리.

改心寺

나 아닌 누가
저기서

여긴 절이요

해도
난 안 믿는다 왜냐면
내 마음이
절이 아니므로.

나 아닌 누가 저쪽에서
가로되

여기 절에서 지금
사람 죽었소.

해도
나는 끄떡 안 한다 왜냐면
절에서 사람 죽는 건
좋은 일이니까

나 아닌 누가 그러다가 저 먼데서

여기 이 절에서 불이 났소 불 끕시다
그러면 그때

얼마 드리면 되겠소?

그런다
그래도 될까? 안 되면 그러면 도대체
어떻게 하나?

간단하다
사실
그 절은 아무리 저기 있고 먼 데 있고
나 아니어도 결국은

내 안에 있고 여기 있고 바로
내 속
지금 말하고 있는 나 자신일 뿐 다른 데가 아니다

그래서
이렇다

매일 매순간

마음에 절을 짓는 자세로 세상을
살면 된다

내 마음이
중요하다

우주천지의 모든 부처님이
내 안에 있어

나부터
살아야
세상이 산다는 것

이것이
산알의
제일의 법칙이라더라

─누가 그러던?

─부처님이.

豪料

밤에
살아나야

낮에도 산다

낮에 산다 해도 밤에 사는 보장
없다

밤은 무섭다
요즈음 밤은 더욱 무섭다

낮과의
차이가 하늘과 땅

내일 모레쯤
낮과 밤이 똑같아지려고
그런단다
그래서 더 캄캄하고 춥고 괴롭단다
동 트기 전이 가장 어둡다

이불은 두텁게 하고
요를 푹신푹신하게 해

편히
주무시라

그러면 내일
산알 본단다.

食大

조금 먹어야
건강하다고들 했겠다
옛날엔
느을 그랬어
요즈음까지도
서양 사람들까지도

그런데
반대야

많이 먹고 죽으면
귀신도 존경하는 때다 바로
지금이야
많이 먹으라고.

온갖 것
먼지까지도
소음까지도
잡념까지도 모두 다 모두
빠짐없이
마음이 생겨서
마음이란 이름의

기괴한
속이 자라서
많이 먹어
무척들 많이 소모해

그러니
살려면
활동하려면

많이 먹고 많이 소비해야
그래야
산다네

세상이 달라졌다네
안 죽는 생명체는
해파리만
아니야
사방에서 막 나와
허허허

내 말
흘려 듣지 마

산알은 예전 같으면
예언자야

나 말고
산알.

流糞

전엔
애들이
라면만 좋아해서
걱정했다

격근이 약해져
유동식만 좋아해서
어금니가 약해져서
의지박약이 될 거라고

요즘은
그리 생각 안 해

흐르는 음식
흐르는 배설
흐르는 몸기운
흐르는 마음이 좋다

똥도 그렇다

그래야
흘러

요즘 세상을 그래서 유식한 말로
'Energy Tuna.' 라!
투나는

물.

알겠는가!

治貧

때론
며칠씩
아예 굶으라
몸을 다스리기 위해 온통 가난해지라는 거다
굶으라
굶어서

눈앞에 무지개 나타날 때 기다려라
그때
산알이
네게 가르쳐준다
뭐라고?

옛날 동양에서 최고로 신령한
약초 이름이 다름 아닌
治貧이었다고.

허허

治는 임금.
貧은 가난뱅이.

임금이 가난뱅이란 뜻.
가난뱅이가 도리어
임금된다는 뜻.

己位親政이니
밑바닥이 임금 자리 되돌아올
촛불이
바로
그
산알.

民盲

민주주의가 무엇인지
아예 잊어야
민주사회
되는 법.

민주주의 좋다고 하니깐
스무 살이나 어린 놈이 날더러
나
선생 아버지와 친구라우
할 말 있우?

허

싸가지 하고는
담 쌓은 놈들이 여기저기서
으스대며
민주주의 운동한답시고

허

민주를 위한 똥 싸기
민주를 위한 오줌 싸기

민주를 위한 좆 빨기

허

그래 어디까지 갈 작정인가 벌써 끝 아닌가
종북주의 끝
사회주의 끝
지방선거에서 연합정권 만들어
생활주의 정치랍시고
각종 똥 싸기
시작

야
이 똥 같은 놈들아
民盲도 모르는 놈들이 민주를 해? 생활정치를 해?
民盲은 이놈들아
너 같은 놈들 때문에
생긴 말

民盲은 너 같은 놈들이 없어져야
民自化로 이루어져!

애들과
여성들과
쓸쓸한 사람들이
스스로 나서서 和白하는 그 정치民盲을
알기나
하느냐

民盲이라니까
민주주의 장님인 줄 알았더냐
이, 이, 이, 이
천하의
똥밖에 모르는
무식한 놈들아

우리 아버지하고 친구야?
나보다 스무 살이나 작은 놈이 거기다가
고등학교 선생이란 놈이?

허허허

똥만도 못한 놈들이 감히
民盲을 어찌 알아?

過密超留

베트남에 처음 가던 날
밤
하노이에서
나는 깜짝 놀랐다

차가
너무 느리고
주위 건물에 오층 이상이
별로 없어서

수많은 수많은 자전거
오염 이전에
주의하는
수많은 수많은 신호들 조치들 검열들

고도
후에의 큰 강물 곁
거대한 동바시장에서 그러나 나는
참으로 크게 놀라고 말았다

사회주의 배급망이 있었으나
호혜와

가격다양성이
함께 있어 섬찟
놀라고

애틋하고 친절하기가 동네사람 같아서
어허
탈상품화를 통한
재상품화였다

메콩강은
수영금지

머언 먼 하늘은
짙푸르다 못해
보랏빛

내가 더 이상 무슨 말을 할 것인가
한때 총을 들고 투쟁하던
여인들이
그리도
상냥한 것

호텔 로비에서 뜬금없이
라라의 테마가 흐르는 것

어찌
판단할 것인가?

그렇다
이른바 생태 건강에서
산알의 최적조건인 乾坤卦中의
乾卦인
過密超留

바로
그것이었다

아하!
10년 전 燈塔의 소식이었구나!

過疎開活

대빙산이었던 곳
러씨아의 극지
싸모아·발랑까에 뜨거운
극도로 뜨거운 바닷속 독성 액체가 분출할 때다

오호쯔크해 기단이 냉각되어
시베리아 남부와 연해주 일대 아시아의
동북방이 모두 다 겨울엔 따뜻하고 여름엔 서늘한,
그러다가 갑자기 겨울엔 극도로 춥고
여름엔 미칠 듯이 뜨거운
날씨로 변하는
뜨거운

아

그러나 머지않아 머지않아
거꾸로 도리어
춘분 추분 중심의 황도 적도가 일치하고
낮과 밤의 길이가 똑같은
사천 년 유리세계가 다가온다는

正易 소식

희미한 이상 기온 뉴스를
하바롭스크 호텔에서 영자신문으로 보고

캄차카 가는 길
비행기에서

바다 위에서는
알마티 朴一선생 도움으로
한국민요를 러씨아 말로 번역한 시인
안나 · 아흐마토바의
표지사진을 보고 있는 한 러시아 노파의
옆 얼굴에서

그렇다
그 날
나는
過疎開活의 생태계 희소식
燈塔의 東北坤卦를 본다
西南乾卦를
베트남에서 보기 전이다

웬일인가?

나에게 누군가 말한다

'당신이 주문왕이나 되오?
당신이 김일부나 되오?
웬 역타령이오?'

할 말 없다
그러나
내 마음 깊은 곳에서
이 말 한마디가 울린다

　─역의 처음은 복희씨다
　　복희씨는 역을 몰랐다
　　시커먼 굴 속에서 아내와 아이를 그리워하다
　　눈이 열려 글짜를 만들어서
　　편지를 썼다
　　그것이 書契요 結勝! 허허허

나 지금
캄차카에 간다
캄차카의

물을 보러
캄차카의
신화를 보러
캄차카의
몽골리안 루트를 보러 간다

가서
나는
새시대의
거대한 문명을 본다

비에라 고베니크라는 늙은 무당이
날더러 자기 민족
이뗄멘을 살려 달라고 애원하는 소리를 들은 것이다.
천 명밖에 안 남았단다

나는
그 비에라에게
강증산의 암호
구릿골 광제국(廣濟局) 기둥에 붙은
닭머리
鷄鳴星 그림을 그려주고 왔다

왠지
나도 모른다

돌아오는 비행기에서 가만 생각하니
그것이
산알.

후천개벽 때
坤卦
토지에서 떠오르는 첫 별자리
계명성이니

과소개활의 산알 땅이다

페트로 파브로브스크 항구 맞은 편 풀언덕
미센나야 쇼브카 언덕에서도
그것을
깨달았다

빈터

아무도 오지 않는 곳
모두 다 떠나는 곳

거기에
살 길이 열리는 이치
坤.

生器

삶의 그릇이
따로 있다면 좋겠지?

그래.
따로 있으면!

있어.

옛 신시에 있고
해월 선생의 '비단 깔린 장바닥'에 있고

그 이전엔
마한 시절 전라도에
'별장'이라!
새벽별 뜰 때의 도깨비장

함경도 개마고원 근처엔
산알장도 있었어

허허허

삶의 그릇이야

아시아에는 다 있었어

키르키스탄 1500미터 산꼭대기 이쉬쿨 호숫가
야르마르크트가 그렇고
사마르 칸트의 비비하눔 · 바자르며
베트남의
동바시장

터키의 바자르에
일본의 요즘 불티나는 도쿄 우에노 거리의 아메요코

허허허

등잔 밑이 어둡구나

동대문의 신기장
남대문의 돗대기 시장
지방지방에는 다 있는 오일장
아시아 촌놈들이라고?

허허허

카알 · 폴라니의
호혜시장도
촌놈이야?
요사노 · 가오루의
따뜻한 자본주의, 착한 경제도?

待天豊雄의
아시안 콩종튀르도
그냥 그런
촌놈이야?

生器야, 이 병신아!

五德

나
열세 살에
고향 목포를 쫓겨나
원주에 왔다

원주 봉천내 아래
시커먼 시궁창 동네
평원동
낮은 바락크에서 내내 살았다
거지같이 살았다
대학 때까지 그 후에까지도
그렇다

그 평원동 요즘 가 보니
오일장이 선다
이일 칠일 오일장 한 구석에서

막국수를 사 먹다

국수가 늦어져
할아버지에게 묻는다
　　-왜 국수가 늦어요?

―익어야 주지
　　　생걸 어떻게 줘?

허허허
이것이 오일장
五德이다

가만 생각하니 다섯 군데다

화엄중 孟庵의 구룡사가 이십 리
서학 황사영 죽은 배론이 이십 리
동학 해월 숨었던 곳 호저 고산리가 이십 리
또 있다
똑같은 호저 무장리 간무곡 신평 물가에
이조 오백 년에 가장 뛰어난 개벽꾼 여성 기철학자
임윤지당 무덤이 똑 이십 리

그리고
토지의 박경리 문화관 있는
五峰山이 똑 이십 리다

허허허

五德 아닌가!

이 시궁창에서 똑 이십 리씩
다섯 도덕이 둘려 있으니
나의
어린 날
시커먼 고통들이 모두 모두 다
흰그늘
산알.
진짜 진짜로
비단 깔린 오일장 바닥.

七情

오늘 아침
화엄경을 공부하다
입법계품 童子所 어느 목
꼭
재작년 시청 앞 첫 촛불 비슷한 데서
海雲比丘 가르침
그 안에서

바다에
大蓮華가 떠오른다
거기
슬픔이 가장 큰 지혜였다
七情 중의 守心正氣
七情 중의 四端인 仁, 바로
그 大悲海가 곧
大法海라!

점심때

나 열세 살에 고향에서 쫓겨나
울며 울며 떠나와 엎드려 살던 시커먼
원주 봉천 냇가

그 시궁창 판잣집촌
平原洞 거기
요즘에 서는 五日場에 갔다

참으로 오랜만에
아내와 함께 가 장을 보는데
이것저것 사고 보니
꼭
일곱 가지.
칼국수 먹으며 둘이 웃고 놀란다

　오징어젓
　고추무침
　무말랭이무침
　먹태
　다시마튀김
　시래기
　가자미새끼들

허허허
七情의 근원
내일모레가 설날이니

四端의 중생들이다

아내가 말한다
'우리 늙어가며 이리
오일장이나 함께 장 보러 다니며
그리 삽시다.'

그렇다 아내를 내내 고생만 시켜온 내게
이 말은
커다란 연꽃 한 송이
나 살던
바로 그 납작 시궁창 위 판잣집 바로 그 자리에
CD가게 하나 서 있다
'태양음반'에서
아득한 옛쩍 늙은 여가수의
골옛쩍 뽕짝이 흘러나온다 순 신파쪼다

한없는 눈물이
슬픔이 복받친다

그 슬픔이
그 연꽃.

돌아오는 길에 비로서 생애 처음으로
啐啄이 무엇인지를 깨닫는다

오늘 아침 내 공부하던
화엄경 거기 이리 써 있었던 것 화들짝 기억난다

바다 속 大蓮華는
如來의 善根

法海가 곧 悲海니
大悲法을 觀하면
二 利의 行이 發함이다

百萬阿修羅王이 그 莖을 執持하여
百萬摩尼宝華嚴鬭으로 그 위에 彌覆하며
百萬龍王이 香水로서 雨하여
百萬迦樓羅王이 모든 纓絡과
및 宝繒帶를 銜하여 周帀히 垂下하며,
百萬羅刹王이 慈心으로 觀察하며,
百萬夜叉王이 恭敬禮拜하며
百萬乾闥婆王이 種種音樂으로 贊歎供養하며

百萬天王이 모든 天萃와 天鬘와 天香과 天燒香과

天塗香과 天末香과 天妙衣服과

天幢幡蓋를 雨하며

百萬梵王이 頭頂으로 禮敬하여

百萬淨居天이 合掌해 禮를 지으며

百萬轉輪王이 各各 十宝로써 莊嚴恭敬하며

百萬海神이 同時에 出現하며

百萬昧光摩尼宝가 光明이 普照하며

百萬淨福摩尼宝로써 莊嚴이 되며

百萬普光摩尼宝로 清淨藏이 되며

百萬殊勝摩尼宝가 그 光이 赫奕하며

百萬好藏摩尼宝가 光照가 無边하며

百萬閻浮幢摩尼宝가 次第로 行列하며

百萬金剛 獅子座摩尼宝가 可히 破壞치 못하여

清淨히 莊嚴하며

百萬日藏摩尼宝가 廣大清淨하며

百萬如意摩尼宝가 種種 色을 갖추며

百萬如意摩尼宝가 莊嚴이 無盡하여

光明이 照耀하니

이 大蓮華가

如來의 出世善根으로 起한바라

一切菩薩이 다 信樂을 내며

十方世界가 다 現前치 않음이 없으니
如幻法으로 좇아나며 如夢法으로 나며
淸淨業으로 나며 無淨法門으로 莊嚴한 바라
無名의 印에 入하며 無礙의 門에
住하며 十方一切國土에 充滿하며
諸佛의 甚深한 境界를 隨順하니
無數한 百千劫에 그 功德을 歎할지라도
予히 다함을 얻지 못하나니라
(疏, 三에 此大蓮華下는 因을
擧해 勝을 顯함이다.)

눈물난다

나의 기쁨은 감히
화엄경이 아니라

오래 화가 나 침묵했던
아내의 한 마디와

마지막 좌판의
한 젊은 아줌마가 내 좋아하는 오징어절임을 듬뿍 싸주며

'선생님이 특별히
벼룩장에 오셨으니
특별히 많이 드려요'
그 한 마디

아아

이것이
초라한 밑바닥
金地下의 금빛 나는
꽃 한 송이 金英一의
귀향이요
啐啄임을
깨닫고

아하

이것이 다아
七情의
위대함임을 울며 불며
슬며시
깨우친다

나는 살았다!

辨證法 克服

나 이제
여기서부터
걷기 시작한다

내일 모레쯤
저 푸르른 킬리만자로 정상에
도착한다

정말이다

　－에헤 거짓말!

나 이제
이 자리에서부터
걷고 걸어서 이 걸음으로

모레 열두 시 반
백두산 천지에 드디어
도달한다

진짜 정말이다

—에헤 거짓말!

중간에 바다를 건너 힘들게 도착한다

가다가 인민군과 사이좋게
민족 통일 이야기하며 도달한다
정말이다 땡말이다 둥둥말이다 어허

　—에헤 거짓말!

나
이제
아주 지쳐서
한 초라한 여관에서
대낮에 꿈을 꾼다

꿈에서
킬리만자로에 오른다
새벽에 문득
백두산
환영을 본다

아침 일찍 배를 타고 노를 저어
중국으로 북한으로 간다. 장사하러 간다
어젯밤 꿈
새벽의
환영은

그러나
非現實이 아니다.
언젠가는
새로운
문명의 모습. 푸르르고 애틋한 글로벌 네셔널리즘.
지금도 내겐

이렇고 저렇고 그렇고 그런
일상 밑에서 떠오르는 유일한 치료제
산알.

唯物論 克服

감각은
믿을 게 못돼

그러나 제일 먼저 가는 것
제일 먼저
움직이는 것

그 첫 손가락
둘째 셋째 넷째와
다섯째의
손

그 위에
눈
두 눈

다아 감각 중의 감각. 제일 먼저 가는 것.

개벽이 될 때는
손이 제일 먼저야
좋으냐?

오른쪽 손가락이
동그랗게 부드럽게 예쁘게 아이처럼
개벽을 감각하니
개벽유물론이지
좋으냐?

그러나
그것은 '애머리'란 이름의
산알.

숙청당한 金鳳漢의
氣穴作用의 復勝
유물론 반대라고 숙청당했지.

그 산알은

包五含六月이란 후천개벽 때
五運六氣頭라는 전신두뇌설의
증명이라네

그래서
'애머리'

兒頭에 兒頭의
우주생명학!

어때?
유물론보다 못하냐?

서양것보다 못해서 싫으냐?
이 이상한
멍충아!

III

흰그늘의 산알 소식과
산알의 흰그늘 노래

위로부터의 機制와 아래로부터의 機制

새벽 두 시에
문득 일어나
책상 앞에 앉는다

무슨 공부한다는 게 아니다. 괴로워서
더는 누워 있기
힘들어서다

힘들어서 사는 것이 힘들어서
앞도 뒤도
그리고
위도 아래도 모두 막막하니 힘들어서

이렇게
종이 위에
몇 글자 쓴다

　－산다는 것은 위가 아니고 아래다
　　(금방 아랫도리가 곧추선다 왜?)
　－산다는 것은 아래가 아니고 위다
　　(금방 머리칼이 곤두선다 왜?)

어제도
내일도
똑같다
아래로 위로 위로 아래로

맨날 이 짓뿐
그러다
어느 날 옛날 어느 프랑스영화
〈얼굴 없는 눈〉처럼

칼로
모두를 찌르고 나서
스스로의 칼인 캄캄한
밤길로 사라질 것이다

어디서부터
그 역시 프랑스 어느 시인의
시 구절

　　―바람이 분다. 살아야겠다 ―
　　　한 마디가
　　　살아온다

그때

내 이름이 드러난다 넉 자다

'不然基然'

아니다 그렇다

그렇다 아니다

산알이다.

流攤體

사시사철
유리처럼 겨울은 따뜻하고
여름은 시원한 날들

내게
지금
걸어오고 있다

사천 년을 유리가 세월로 우리에게
오리라 한다

2007년
쌀쌀한
한 날
하바롭스크 호텔 한 영자신문에서 읽는다

 '1월 평균기온이 영하 5도
  8월 평균기온이 섭씨 13도가
  이곳 기온이다'

하바롭스크
이곳은

'제 안에 기이한 무늬를 감추어 지니고 있는 곳'

하바롭스크
오호쯔크 해 氣團冷却과
싸모아 · 발랑까 극지대 뜨거운 바다 속 액체 분출 사이의
기이한 기이한 무늬
유리의 땅

페트로 파브롭스크를 향해 날으는
비행기에서
한 러씨아 노파가 펴든 시집의 사진
안나 · 아흐마또마의
비웃는 듯한 표정에서

아

케냐에 내리는 눈
적도와 황도의 일치

'비비컴, 나르발라돔, 하이예'
이랬다 저랬다 변덕스러워 알 수 없는 괴이한 날씨를 보았다

'캄차카는
아무나 오는 곳이 아니다' 라는
큰 무당 비에라 · 고베니크의 어두운 얼굴에서

아

'게놈' 의
잘못 짚은,
아직은 꿈에 불과한
한없이 어리석은 흥분을 깨닫는다

유리는
오고 있다

그러나
'유리체 명제' 가 아닌
산알을
통해서다

빔챠의 기인 긴 장승굿 속의
'굳센 암말'

그
산알을
통해서 나는 분명
유리를 보고 왔다

그것은 어쩌면 코리약의 신화
칠천 개 안에서
모든 인간 안에 살아 있는 샤만
남자가 여자로
여자가 남자로
바뀌어 비로서 신과 소통하는 그 산알의 유리.

유전자와 시간, 유전자 게놈과 계절

당신들은
아직 모른다

유리가 그 옛날 중국의 동북방
천지가 하나로 합쳐진
실 같은

희고 기나긴 실 같은
恒體였음을 캄캄하게
모르고 있다.

실.

여기서 저기로 가는, 이어지는, 끊임없는

시간도
공간도
멈춤도 없는

깊고 깊은 흰 물의 우물 속 아득한
지구의 저편 같은,

그러나

한
물방울에 불과한

작은 딱정벌레의 목구멍 속
한 모금의

산알.

유전자 자체

차라리

우리나라엔 흔해빠진
族譜를 연구해 보라

그 族譜 속
할애비와 애비와 손자 사이의
틈을 조사해 보라

거기
유전자 자체가 있다

차라리

반역이나 혁명이나 패륜으로
그 族譜로부터 추방당해
사라진 자들의
기이한 전설의 빈틈을 연구해 보라

그

텅 빈 종이 뒤에 서리는

흰그늘에서
유전자 자체가 어느날 말을 해 올 것이다

그것은
바로

空.

통섭론의 맹점

어렸을 때
훈장은
미운 놈 군밤을 주며 항용
이리 말하곤 했다

  '너는 하나를 알면 열 가지로 풀어먹는 놈!'

오늘
에드워드 윌슨과
그 똘마니들은
다
이런 놈

'하나를 모르면서도 안다고 착각하고
만 가지로 풀어먹겠다고 발버둥치는 놈.'

문득

저 먼 바다에서
산알이
웃고 있다.

印指穴

게놈 전문가
로르루엔 · 씨엔도
경락학의
다노도
다같이 비웃지만 나는 웃지 않는다

유전자를
본 적이 없어서다

그러니
비어 있다
비어 있으니 가능성이 있다

印指穴처럼

아닐 수도 있지만
그럴 수도 있는 것

산알은
유전자 안에서도 분명 산알일 수
있는 것

穴이다

온몸, 우주가 法身.

三千大千世界가
天竺이, 乳峰宿이, 미소 한 번이
온통
六不收라니!

關型穴

옛날
나 어렸을 적에
공산당 했다고 제 마누라가
제 눈앞에서 강간당하는 걸 보고는 그만
미쳐서 벌거벗고
엎어터지며 엎어터지며
헤매는 사람이 하나 있었다

그가
어느 날
영산강가에서 둥근 보름달 아래
작은 게에게 물려
왼쪽 겨드랑이와 갈비뼈 사이를 꽉 물려

허

제정신이 문득 돌아와
옷 입고
고향 떠나는 장면을 우연히
동네 애들과 함께 본 적이 있다

그 얘기 아닐까?

아닐까?

그 미치광이 겨드랑이에

게의 글씨가 써 있다는 전설이 뒤에 남았다.

'애기달.'

裏面外穴

내가
몸을 몸이라 불렀을 때

그 몸 안에
흔히
물은 없다

우리 모두가 다아 그렇다

물

이것 없이
우리가 어찌 사는가? 못산다. 절대로 못산다

나는 이제
이리 말하고 싶고
이리 노래 부르고 싶다

산알이여
산알이여

한 방울의 물인

생명의
한울이여

내가 참으로 보석을 얻을 수 있다면
그 보석으로
맨 먼저

물을 원하겠다

아아
산알이여!

透過內穴

이 세상에
있는 모오든

생명력은 우선 밖으로
확산하지만
그보다 먼저 안으로 수렴하느니

안으로
안으로
말려드는 일체의
움직임을 나는 고된 날들의
당연한 대가라고 생각한다

대가

임금이다
허허허

산알의
가장 상스러운 표현
허허허
그러나

가장
성스러운 모습

핵산
미립자.

應心穴

누나 따라서
해변에 간 적이 있다

어릴 때

그 해변은 커다란 해파리들로 가득
가득했다
해파리

그때 나에게
큰 혼돈이었던 그것
이제는
참

커다란 공포
죽지도 않는, 영원한 호흡의 바다

내겐
참으로
누나만이
구원의 길.

Enchorgie Bohm

일본에 살며
생명을 연구하는 독일인 보옴 씨

당신은
새로운 시대의 金鳳漢

생명은
인류의 참 희망인 생명은

동서양의
두 영성이 참으로 만날 때 열리는
꽃

화안한 개벽의
미소.

기괴한 병들의 캄캄한 밤을 열어줄
참 사랑

復勝
五復勝 十五復勝의 찬란한
먼동.

Barchie Enkora

어느 날
시실리 섬 근처의

한 파도가
한 어부에게 말했다

　—짐승이 인간을 구원하리라

어부는
돌아와
그날 밤 잔뜩 술 취해
고래고래 소리 질렀다

　—짐승이 인간을 구원하리라

'짐승의 앙분'이라 불리는
침방울이
그때
어부의 어금니에서 튀어나와

근처의
모든 사람들이

꿈에

거대한 비너스가 짐승의 이빨 사이에서 태어나는 새로운
르네상스를 보았다

네오 · 르네상스
생명의
그린 · 포플러

　－혹성과 혹성 사이의 물의 탄생에 대한

아아
달의 촉발력!

Orgie Übrie

베를린을 지나며 이제껏
베를린 장벽만을 보았다

냉전중독
정치중독
군사중독

그 베를린에서 장벽이 아닌
산알이 태어남을
거대한 흥분 속에서 듣는다

오늘
베를린의
생명시인 위블리의 이름을 듣고

어째서 그의 이름 첫 글짜 위에
새벽 첫 구름의 붉은 빛인
움므라우트가 붙었는지를 깨닫는다

움므라우트

베를린은

인류 생명사의
첫 구름
그 황홀한 붉은 구름.

經度

온난화
탄소 과잉 속에서
백인들의 과학 속에는
동아시아는 아직도
없다

없는 것 아니라 쫓아냈다
마치
'아시아적 생산양식' 처럼.

정역의
4천년 流璃世界도
2009년 7월 22일의 大潤肳
윤달 없어진다는
大日蝕도

赤道 黃道가 일치하는
밤과 낮 똑같아지는
'비비컴 · 나르발라돔 · 하이에' 라는
케냐의 예언도
없다

자기들 과학 이외엔
아무것도 없다

그리하여 2004년 인도네시아 쓰나미
大陸板 海洋板 대충돌의 원인이
삼천년간 서쪽으로 기운 地球自轉軸이
북극 태음으로 돌아옴이란 주장도
코웃음쳤다

옐로우 · 보우넛도
酸性 테라니우볼도
코웃음쳤다

그러면서도 여전히 대학에서는
과학은 당파성을 초월한다고 가르쳐 왔다

위대한 白人들이여
캐플러와 갈릴레오와 뉴튼과 아인슈타인의
위대한 위대한 하아얀 과학이여

이제
經度를 보아야 할 때다

八數와 五運六氣와
正易의
經度論을 연구해야 참다운
과학을 말하게 될 날이 가까워왔다

예수는
이천 년 전에 이미 말했다

   ―돈 가는 데에 마음도 간다

돈은 지금
동아시아로 몰리고 있다
마음은?

과학은 마음인가 돈인가?
돈이면서 마음인가?

   ―신비한 페러다임 없이
     참다운 과학 없다―

이 말은

아시아가 아닌
유럽·백인의 말

'제프리·츄'
노벨 화학상의 말씀이다.

易史跡

십오일 보름달이
십육일 초승달을 낳는 대개벽을

'애기달' 이라 부른다

아이티 지진은 애기달이다

살고 싶으면
애기달을 잘 보시라

그러나
그것은 달이 아닌
애머리에 있고
애머리는 오른쪽 손가락 움직임에 있다
옛부터 해와 달은
손에서 떠오르니
오른쪽 손가락에 새 애기가 있다 했겠다
오른쪽 손가락에 산알이 있다 했겠다

우주의
易.

黑白跡

동아시아에
돈만 있는 게 아니다
동아시아에
패러다임도 있다
동아시아에
블랙홀과 화이트홀을 엮어 설명하는
黑白跡 과학의
참씨앗이
있다

오라

왜 코펜하겐에서 멍청이 대회만
열고 자빠졌는가?

왜 흰 빛은 못 보고 검은 빛만 보는가?

  ―모든 것은 탄소배출의 인간죄악 때문이니 그것을 철저히
    금지하자!
  ―그러니 탄소배출권리 장사를 통해서 금융위기를 탈출하자!

부끄럽지도 않은가?

너희들이 그러고도 문명국인가?
문명이 입으로 똥 싸는 장기대회인가?
아닌가?

아니라면
정말 아니라면
이제는
오라!

누구나 아는 생명이야기를 이제는 참으로 우주화하자

누가
나에게 이리 말한다

'당신은 속에 하늘을 갖고 있는가?'

나는 늘 대답해왔다

'하늘 없이는 하루도 못산다.'

또 묻는다

'거기 구름도 뜨는가?'

또 대답한다

'비도 내린다.'

　－무엇이 비인가?
　－눈물이다.

부디 부탁한다
이제 더 이상 이런 바보 같은 질문은 하지 말기 바란다

안죽는 생명체가 나타났다
왜?

곤충 겨드랑이에 날개가 돋기 시작한다
왜?

거기
산성 테라니우볼이라는 박테리아 수준의 뇌세포가 잔뜩 나왔다
왜?
어째서?
어찌해야 되는가?

누구나 우러러보는 우주생각을 이제는
내 안에서 생명화하자

쬐끄만 딱정벌레
앙금이
앙금앙금이가
물속의 희미한 애기달로 떠오른다

9세기 10세기
로마 가톨릭의 성녀들
테레사와 째찔레아의 이름
'물속의 희미한 애기달' 이다

내 안에서도
달이
뜬다

태양은 뜨거운 불이 아닌
투명한 화안한 빛으로 변한다
달이 뜬다

2012년 2013년 2014년 2015년 2016년
오년간 내리
怪疾에 맞서 산알이

나와

앙금이 속에서

물속의 희미한 애기달로 떠오른다.

    —희망하고 투신하라,

    —大法海가 大悲海다.

    —흰 그늘을 모심.

屛風

아무도
남을 생각하지 않는다

이웃 걱정하는 사람을 나는 이 시절에
단 한 사람도 못 보았다

다아
제 생각뿐

五濁惡世는 末世 중의 末世.

우리나라 집어먹을
이웃나라 있나?

일본?

없다, 없으니 남은 건 무엇인가?

屛風뿐
月印千江뿐
다 제 나름나름으로 열두 폭으로 천 폭 만 폭으로
화엄개벽하는 길뿐

뿐.

뿐이 곧 산알.

Kelt

고등학교 이 학년 때
영국시인 Dylan Thomas에서
한 구절을 읽었다

'This bread I break was once the oat'

물론
　─내가 지금 쪼개는 이 빵은
　　한때 귀리였다─는 뜻이다

그런데
흠칫 놀랐다

빵이 즉각 귀리가 되는 시여서다
여기서
'한때' 와 '였다' 가 귀신같이
사라진 것이다

이 사라짐이 Kelt다

내 작은 아들이
영국에서 공부 중인데

스콧틀랜드에 자주 가
Kelt를 공부한다

Kelt에는 동서양 차이가 없다
인류의 미래

그 귀신 안에
산알이 있기 때문이다.

'瑞氣' 라는 이름의 산알.

산알이 도처에 있다

나는 시인이고
시인은 누구나 프랑스 시를 사랑한다
그러나
내겐 특별한
사랑이 따로 있다

　보드레에르, 아니다
　랭보, 아니다
　말라르메, 아니다
　발레리,

　역시 아니다

단 한 구절
발레리의 다음 시 구절 하나다

'바람이 분다
살아야겠다'

프랑스는
유럽은

이 한 구절로 내게 인류 모두 앞에
생생히 살아 있다

아!

그 바람 말이다

百濟觀音

두 번 갔었느니라

나라의
법륭사
구다라 간논에게 꼭
두 번

한 번은 술 취해서다
그때
간논은
깨어 있었다 왼손엔 물병.

두 번째는 깨어서다
그때
관음은
취해 있었다 왼손엔 술병.

왜 이러는가?

그래서
와쓰지는
관음을 縹渺라 불렀다

338

아리송한 아름다움.

우리는
이제
이것을 찾으러 가야 한다
옛날 속으로 들어가 이걸 찾아서
다시 오늘로
그걸 들고 새로이 나와야 한다

　취한 듯 깨어 있고
　부처처럼 중생살이

　돈과 마음을 물처럼 융합 안 하면

그래

못산다, 못살아! 절대로 못살아, 임마!

彌勒半迦思惟像

그때
미륵 반가사유상 앞에서

조용히 참선 중인
미륵이
문득 커다란 홍소를 터트릴 듯
빙긋 웃는 듯

아아
그 앞에서
한 소년이, 잠든 온 일본이 섬찟 깨어난 것이다
산알.

할 줄 아는
감동 표현방식이 사무라이 칼놀음뿐이라
그랬던 것일 뿐.
그때.

쓰나미로부터

2004년
쓰나미 대해일 때
인도네시아 사람 26만 명이 한꺼번에 죽었던

대륙판
해양판 대충돌
충돌은 또 삼천 년 동안
서쪽으로 기울었던 지구자전축이 북극 태음의 물
우주의 임금자리로 되돌아오는
이동 때문.

밑바닥이 복권하는
후천개벽이라 했고
북극이 녹고 적도에 눈 내리고
온난화 사이 사이 빙하기 추운 겨울 끼어들고
적도 황도는 하나 되는 , 낮과 밤은 같아지는

마침내
사천 년 유리세계 온다는
그 쓰나미로부터
그 쓰나미로부터

묻고
배우자

이제부터 오기 시작한다는 죽음들은
왜?
2012년에서 2016년까지 다가온다는
대병겁 괴질들은

왜?

묻고 묻고
또 배우자

그때

애기들과 여인들로부터 온다는
그 언저리 쓸쓸한 중생들로부터 쏟아진다는
흰그늘의
산알 쏘나기는
또 어째서

왜?

주나라가 서는 삼천 년 전

지구축이 서쪽 밑바닥으로 기울어진 것을 참으로 참으로 묻는
다

왜?

왜?

왜?

三周

미국 사는
중국인이 술 취해 게걸댄다
미국에서 땅을 깊이 파면
거기 중국이 나오는데 그 중국 이름이
周나라다!

그 주나라 입구에
큰 칼이 세 개 서 있다

칼이라도
거기
武王은 없다
도리어

羑里에서 주역을 깨달은
文王이 있고
봉건 율려통치의 周公과
군자의 도덕을 세운 孔子

三周다

五皇極에서 둘이 없다

344

어린이와
여성

十无極에서는 일곱이 없다
육대주와 하늘이 없다
또 없다

一太極에서는
하나가
없다

산알.

그래 가지고 다가오는 怪疾시대
大病劫에서 살아남을 수 있을까

산알은

月印千江에 내리니
천 개의 강물에
다 저마다 다른 달님이 비치고
一微塵中含十方에서 솟으니

일 년
7십 만 중국 여성 자살자가
다
살아 있어야

復勝한다

사랑앵무새
쥐

걔들이 산알일까?

미국의 땅을 깊이 파면 거기 솟아오르는
중국은

시뻘건 짐승꽃
可弘이 아닐까?

可弘을 三分하면
바로
三周.

그게 아니라
弘法 퍼진다는 뜻일 터이니
오호라!

大華嚴이겠지!

華嚴腦

중국인
생명과학자
異憫泓의 이름이 내게 온 것은
시뻘건 짐승꽃
可弘과 함께다

또
베이징올림픽
베이징컨쎈서스
베이징의 위안貨 기축통화說에
孔子로
세계통일 하자던 때다

허허허

놀라운 것은
그가
쥐

파선하기 며칠 전에
배에서 모두 내려 버리는 쥐에서
쥐의 회음에서

그것도
암컷 쥐의 그 시커먼 회음에서

칼 · 프리브럼의 뇌생리학
홀로그람을 찾아낸 일

쥐가
회음에서
초신성 폭발과 블랙 · 홀
화이트 · 홀과 대지진과 대해일을 모두 다
미리 예감하는 일

　나는 이것을
　華嚴腦라 불렀는데
　인간도 이 능력을
　이미 옛날에 가졌었는데
　언제부터 잃었을까
　언제부터 이미 속물이 돼버렸을까
　쥐만도 못한,
　사랑앵무새만도 못한.

아아

두 해 뒤 세 해 뒤 반드시 이어서 온다는
대 병겁 괴질 때엔

쥐가
우리를 구할 것인가
인간이 쥐를 구할 것인가

異憫泓은
可弘을 大華嚴으로
중국과 아시아와 세계와 온 지구를
아아
大唐慧忠 스님의
無縫搭으로 바꿀 것인가

그 이전에
55개 소수민족을
해방할 것인가

동북공정을 취소할 것인가

그보다 먼저

한해 70만 여성 자살자를 모두 다
참다운 측천무후로
들어올려

一太極
五皇極
十无極의
上帝照臨의 盤古五仕를
이루고야 말 것인가

  어릴 때 목포 친구
  중국인 高勇氣를 기억해내며
  약한 나를 늘 보호하던
  씩씩한 벗을 떠올리며
  울며
  기도한다

한
젊은 중국의 여류시인의
한 구절을
기억하며 눈물 흘린다

‘어두운 밤에서 대낮까지의 그 찰나에
새울음 같은 바람 소리
그대
거대한 실루엣을 날려버린다.’

아
새울음 같은
바람 소리.

부처님 산알

나는
이제부터 중이 되겠다

머리 안 깎는
중

세속을 떠나지 않는 市隱의 중

아무리 아무리
공부하며 생각해도
그 길밖엔
없다

산알의 길

부처님 이름 2672 가지가 모두 다 산알 이름
부처님 가르침 84000 가지가 모두 다 산알 지혜

대방광불
화엄경 120권 80권 60권
그리고
스물세 권의

呑虛本 李通玄論도
모두 다 모두 다
산알

악마까지도 마구니며 도깨비며
야차들이며 시끄러운 잡것 딴따라까지도
산알로 돌아오고
조그만
강가의 풀뿌리조차 허공의
흰구름조차
산알로 일어선다

나
이제야

한 마디 큰 소리로 할 수 있다

　'산알이 사리요
　사리가 산알'

또
한 마디 할 수 있다

'모든 성자들의 길은
산알'

단 하나
남는 것은 참으로

모심

그것뿐.

신종플루로부터

신종플루로부터
산알을 찾아내야 한다

돼지독감에서 멕시코의
'라 글로리아'에서 도리어
산알을 찾아내야 한다

멕시코에 도리어
기이한 꽃이 있다고 한다
유카탄 반도에
'라 필트라타'란 아름다운
기이한 약꽃이 있다고 한다

이래서
옛부터 풍수학에서
독초 옆에 약초 있고
身土不二라 했겠다

지금 또 다시 '라 글로리아'에 이상한
독성수질이 설치고
사람들은 그저
'쉬쉬' 밖엔 처방을 모른다고 한다

'쉬쉬' 가
약인가

'쉬쉬' 가
라 글로리아의
라 필트라타인가

쉬쉬의 쉬가
아마도
참
산알.

타발타바라 풀로부터

프랑스
스페인
포르투갈 앞바다의
죽지 않는 해조류
타발타바라 풀을 발견한
환경단체 이름도 죽지 않는 기인 긴 이름

'인베테로 인싸블리 인라스삐에로 샤스틴티에라'

아마도
이들이
타발타바라에서 거꾸로
산알을
실험하고 있나 보다

소문이
그렇다

만약 성공한다면
유럽은 유로화를
드디어 달러 대신 기축통화로 들어올리려는
싸르코지를

유럽합중국 대통령으로
들어올릴런지도 모른다

이 단체 이름
줄여서
INVISIR CHARRA는

'보이지 않는 큰 손의 내림.'

싸르코지

SARCOZZY의
집안 숨은 전설의 뜻도 또한
그 뜻?

아닌가?

허허허.

악마의 향기

페르시아 만의
썩은 어패류의 지독한 냄새
'악마의 향기' 를
넘어설
산알은 오직

악마 연구로부터만 가능하다
그 향기가
참으로 산알이 될 수 있을 것인지

나는 어제 아침
화엄경 입법계품
童子所 부분의 海雲比丘에서

악마들이 모조리
향기로 생명으로
受生藏 受生自在燈으로 돌아오는 가르침을
鸞經하다가

한문글짜
하나
'回' 를

'起' 와 동일시했다

回는 起

起는 回.

　아하
　일본 분자생물학 경락학은 도리어
　한국 경락학의 김봉한 연구를 기대하는데
　남한에서 신종플루나 얻어먹는 북한은
　저희가 숙청한 김봉한의
　산알이
　무엇인지도 김봉한이 누구인지도 모른다
　반드시
　또 악마 연구를 해야만 알 것인가?
　조계종 초청은 하면서도
　김봉한 복권은 생각도 못한다?
　권력은
　더욱이
　세습독재는
　인민의 생명조차도 보호 못하면
　아예 설 자리

없음.(마키아벨리 가라사대다.)

죽지 않는 해파리

죽지 않는 해파리 보고 나서도
아직도
개벽이 무엇인지 모른다면
아예 죽는 게 낫다.

　생명은 본디 태어나고 살고 또 늙어서 죽는 것.
　그렇지 않으면 이미 생명이 아닌 귀신.
　귀신을 보고 나서 귀신인 줄 모른다면
　그것은 이미
　생명이 아님.

생명이 아닌 생명이
이 세상에 가득하다

자,
어찌 될 것인가?

酸性 테라니우볼

어느 날
텔레비전에서
고양이가 미소 지으며
병든 강아지를 안마해주는 걸 보고
깜짝 놀랐습니다

한
엄마개가
동네 강아지들을 살리기 위해
주차장 위험지구에 가 앉아
강아지들을 못오도록
매일
지키는 걸 보았고

또 코끼리가
사람말 열두 마디를 똑 그대로
흉내내는 걸 보며
파동이 인간과 똑같다는 한 파동학자의
그래서
대뇌 조사를 해야 한다는
그 말을
듣고 나서

놀라 우리집 고양이딸 땡이
김막내가 하염없이 하염없이
책이 가득찬
내 서가를 하염없이 쳐다보고 있는 걸 계속 보면서

아아

산성 테라니우볼!
산성 테라니우볼!

  ─우주만물이 물질의 굴레에 갇혀 어느 날 메씨아가 와서 자
   기들을 해방해 줄 날을 신음 속에서 기다린다는, 기독교의
   성경
  ─수수 억천만 서로 다른 털구멍 속에서 수수 억천만 서로 다
   른 부처님의 해탈문의 광명이 한 날 한 시에 빛을 발한다는
   불교의 화엄경
  ─안으로 신령이 있고 밖으로 기화가 있으며 한 세상 사람이
   저마다 제 나름으로 옮기되 옮기지 못하는 우주의 대융합
   을 각각 깨닫고 실천하여 한울을 모신다는 동학의 서른아
   홉 자 주문

개벽이
이제

저어 2004년의 인도네시아 쓰나미 때
서쪽으로 삼천 년간 기운 지구자전축과 온갖 북쪽 은하수들이
북극의 태음
제자리에 돌아오는 己位親政의 날 시청 앞 첫 촛불 켜지던
그날 이미
시작됐다는

연산 사람 金一夫 선생의
그 말

2009년 7월 22일 대일식 때
윤달 없어진다는 그날

예수 믿는
내 작은애
그림 공부하러 영국으로 떠나는 공항에서
어두워지는 하늘 아래서 그 시간

아아 그 애가

날 보고는 웃던 그 애가
제 엄마를 보며 하염없이 우는 걸 보면서

그래요

산성 테라니우볼!
산성 테라니우볼!

천하 촌놈 강증산이
때는 음개벽이라
자기 마누라에게 제 배 위에 올라타고
저더러 하늘 땅 사람의 삼계대권을 당장 내놓으라
호령하라고 어르고
자기는
밑에서 싹싹 빌며
지금 당장 다 드리겠노라
제자들 앞에서 예식을 행하던 일
그
정세개벽(靖世開闢)을 홀연 놀라서
깨달았습니다

그래

이제는

제 아내가 저의 대장입니다
저는 돕지요 책을 쓰면서 공부하면서
아내의 토지문화관 일을 돕지요 그뿐입니다

아아
산성 테라니우볼!
산성 테라니우볼!

하아얀 한 송이의
꽃.

아르곤 · 드라볼리움

옛날
당나라와
신라 적에는 벽암록의 스님들

그리고
의상이

고려 말에는 오대산 북대에서
나옹화상이

　─사람몸이 삼천대천세계 영겁의
　　화엄법신이라 해도 안 믿었어.

20년 전
김봉한이
심층 경락에서 복승하는
산 사람의 사리
산알을 증명해도 믿기는커녕
숙청하다가

얼마 전
싸르코스볼이

'아르곤 드라볼리움 에펙트'로
전신두뇌설을
증명하니
왈,

미국이니까!
미국이니까!
미국이니까!

─하하하
　다른 나라 아닌 미국이니까!

그러나
아직도
사실은
캄캄 밤중에 만리장성!

미국 뇌과학의 불교인식론 입증

열아홉 때
나
첫사랑을 했어

대학 일 학년 때 나 짝사랑을 했어
한반 짝꿍이었지

그러다
이기영 선생
불교학 시간 직후

원남동 로타리를 걸을 때
그 애가 중얼거렸어

　─이 나라는 글러먹었어
　　불교 따위 공갈이 다 무슨 학문이람
　　난 거지가 되더라도
　　구라파에 가 살겠어

한 마디로
정나미가 천리만리 떨어져
그것으로

끝

오늘
러시아 출신 과학자
싸르코스볼이 유럽과
미국에서다.

불교의 십식 십일식 등
심층무의식이 이미 공개적으로 활동한다고
밝힌다

전신두뇌설
아르곤 · 드라볼리움 · 에팩트.

거지는
잘 사시는가?

이젠
진짜로 좋아할 수 있을 것 같은데

돌아온다는 소식은
없다.

비르호프의 세포론

'세포는
세포에서만 생긴다'

맞는가?
　　　ー맞다.

'세포는
산알에서도 생긴다'

맞는가?
　　　ー틀렸다.

'세포는 거꾸로
산알이 되기도 한다'

맞는가?
　　　ー산알이 무엇인가?
　　　ー불교의 다비 때 나오는 부처님 사리 같은 것

그래?
　　　ー맞다.
　　　백 번 맞다. 천 번도 맞다.

묻는다.

'종교는 과학보다 더 과학적인가?'

　　　　—……

마음 속의 몸

백두산에서 용정까지의
그 길고 긴 빈 길에서 한순간
흰 사슴이 길을 가로질렀다

칠년 전
월가의 한 빠끔이 CEO 가라사대
　─아메리카를 팔아서 아시아를 사라!

아틀란타에서 엘에이까지
렌터카로 일주일을 달리며 안 것은
과소지대가 미국의 가장 큰 힘

부시가 도쿄기후협약에 콧방귀 뀌는 까닭을 안 것.

십 년 전 해운대 등탑에서 문득
새로운 팔괘를 보며
어째서 乾坤이 한반도가 아니고
베트남과 캄차카 쪽인지 이해할 수 없었다
어째서 흰그늘이 또 한반도인지를
왜 주역의 반복인지를
알 수 없었다

마크 · 존슨의
언어철학 책 제목이
『마음 속의 몸』인 것을 보고 나서야

김일부 정역의 후천개벽 첫째 괘상이
한국과 미국의 파트너십인지를 알았다

흰그늘이
산알임을.

현대생태학에서 가장 중요한 생명지역이
왜
過密超留와 過疏開活인지도.

아내여
건강하시라

다 늙기 전에 애써 八卦 밖으로 함께 훌쩍 나아가자!

向我設位

제사 지낼 때마다
나 혼자
아무리 애써도
아무도 날 안 따른다

向我設位를
안 믿는다

상 차리면 귀신들이 저 건너에
와서 밥 먹는 게 화안히 보인다는 게 아내요

아예
제사 자체가 우습다는 게
예수 믿는 작은애

이도저도 다 그렇고 그렇다는 게
디지털신화학의 큰애다

그저
제삿날
공연히 신나서 상 근처 돌아다니는
고양이딸 땡이가 유일한

向我設位派

우스운 것은
순유물론자인
내 친구 한 빨갱이가
그것을
최고라고 거듭거듭 입에 거품 문 사실.

왜냐니까

'자본론이야! 일체 노동의 자기회귀 아니야!'

허허허

요즘은
내가
한참을 초월했다

向壁도 좋다 다
숨은 차원은 向我니까
중원상륙 때엔 太極弓弓이래도
하다보면 결국은

弓弓太極

허허허

요즘 중국애들
돈 좀 번다고 내게
왠 여자들 시켜서 몇 차례고 아우성 아우성 아우성

　─왜 율려운동 안 해요?

허허허

그거 해봤자
결국은
여율.

스톡하우젠이 누구지?
서태지가 요즘 뭘 하지?
3D 콘텐츠는 결국 어디로 가지?
나노는? 유비쿼터스는? 신경컴퓨터는?

허허허허허.

水王會

엊그제
茶山 유적지 마재엘 가려고
楊平장터를 빗속에
지나다

으슬으슬 신종플루에 걸린다
남양주 남한강
千筒水 물만 水王史가 아니다
水王史
여성에 의한
후천화엄개벽 모심의 길 水王史

추위 웅크리고
두물머리 지나던 때
문득 깨닫고 나니
감기
나았다

이.
한자로는 蝕.
이천 앵산에서 해월 선생 수발하던
스물여덟 살 여자 동학당

李水仁.

1895년 초가을 한낮
楊平장터에서 붙잡혀
찢겨 죽었다

이.

전세계 현대 水王史의 첫 샘물.

한때
해월은 큰 소리로
외쳤다

　ー이(蝨)가 이(李)로다!

茂朱 李氏 이수인은
본디가 全州 李氏로 정조 때
반정 사건 때문에 성씨를 갈고 구천동으로 숨은 집안.

　ー己位親政
　　'밑바닥이 임금자리로 되돌아옴이라!'

이제
양평 두물머리
동서양 합치는 남한강에서 원만한
水王史가 시작한다
문득 깨닫고 나니
감기
다 나았다.

산알.

이가
한때 주장했었다

  ─후천개벽은
   첫째가 모성
   둘째가 밥
   셋째가 월경.

이.
새시대 圓滿 水王史의
첫 샘물

오늘은 나의 산알.
신종플루
감기 다 나았다.

童子所

어젯밤
책방에서

김선우 시인이 쓴 소설
『캔들 플라워』를 사서 읽었다.

웬
영어는?

읽으며 내내 나는 제목을 바꾼다
'童子所'

화엄경 입법계품의 문수사리 부분
선재에게 남쪽 이야기 가르치는 데다.

온갖 악귀가 다 나와
물의 힘으로 부처 이루는

온갖 아기들 아낙들 비실비실들 다 나와
모심의 지혜로 촛불을 켜고
受生藏 受生自在燈 비는,
산알을

비는

童子所 童子所 童子所

소년 오백
소녀 오백
아낙네 오백
비실비실 남자들 오백이 모여

문수의 지혜
보현의 실천
마야의 모성과 구파의 사랑
변우의 풍류와
一日二日花食鳥鵬大聖佛에까지

아하
축적, 복승, 확충의
대화엄 개벽 모심의 길을 배우는
그래서
연쇄소통으로
우주생명학을 퍼트리는
촛불의

꽃.

怪疾에 대한 치유의 대법회, 세계에로 널리 나아가는.

아하
시인이 그래서
영어로 썼군

Candle Flower라.

참
조오타!

法慧月

내 평생
이리 멋진 여성을
만난 적 없다

흰그늘 자체
밤귀신 자체
기도하는 꽃송이 그 자체

흙 속에 박힌 돌멩이가 불쌍해
부처님 날개 달고 하늘 오르라 기도하고 기도하고 기도한
어린 왕비

호혜 · 교환 · 획기적 재분배의
신시
비단 깔린 장바닥을 그대로 펴

재분배는
아낙이
획기성은
아기가
운송은
비실비실 남정네가

아

간다하라 민속지
'헤라볼로이타이의 불꽃 같은 별' 은
이 꽃송이
法慧月이 비는 일체의
한울의 내림을 가르쳐
산알
受生藏 受生自在燈이라 불렀다

이제
그녀는 돌아올 수 있을 것인가

배꼽 내놓고
허벅지 흔들며
젖가슴과 어깨 모조리 벗어던지고
싸구려 텔레비 엔터테인먼트를 싹 그만 집어치우고

우리의
오일장에
드넓은 외식 식당들에 지배인으로

사무실, 학교, 작가, 정치가, 기업가로
참
돌아올 수 있을 것인가

중부고속도로 끝
동서울터미날 조금 전 도로 오른쪽에
자그마한 절 하나

그 이름이 慧月寺였다

서울이 다 왔는데도 나는 그때부터 버스 안에서 졸며
꿈꾸기 시작했다

현대경제학
최고의 숙제
호혜시장의
획기적 재분배를 꿈꾸기 시작했다

아

꿈에서 나는
크게 깨닫는다

이원집정제가 아닌
한 사람의 누른 치마

    —法이 재분배이고
     慧가 획기성이고
     月이 모심의 우주문화라는 것.

혜라볼로이타이의 불꽃 같은 별과
간다하라 엑스피디어 속의
수많은 여성,
아기들,
비실비실 남정네와 고양이, 강아지, 풀과 꽃,
돌멩이들의 똑같은 하나 같은 끊임없이 이어지는
영원의 외침이라는 것.

바로
그것이.

아크발라이 쇼크니아바

나는
아랍을 모른다
가 본 일도 별로 없다

그러나
두 마디는 안다

〈아크발라이 쇼크니아바〉
　—어둠 위에 얹은 참다운 빛.
　　멕카시대 무하마드 성인의 나이 많은 부인
　　그 성녀의 이름이다

또 하나는
〈코란 제63절 하단〉
　—나의 영이여!
　　저 어둠 앞에서 한없이 겸손하거라!—
　　무하마드 성인의 동굴 기도다

알 · 카에다가 미국인을 죽이고
미국인이 아프칸을 맹폭격하고
탈레반이 아랍 여자들을 마구마구 죽이고
나토가 탈레반을 잡아 죽이고

죽이고 또 죽이고
짓밟고 또 짓밟는다
흰 빛이 어둠을 싸그리 깔아뭉갠다

언제 끝날 것인가

대답은
하나
〈흰그늘〉뿐.

나는 최근에야
지난 50여 년 간 아랍 세계의 지하에서
드러나지 않는 불패의 흰그늘이 계속 움직이고 있음을
참으로 늦게야 문득
듣고나서 깜짝 놀란다

〈아크발라이 · 쇼크니아바〉란 이름의
여성운동이 마치
피렌체 15세기 르네상스의 브랜드 토오치,

〈어스름한 저녁 강물 위에 희끄무레한
잔물결이 반짝 빛나는 것〉 모냥.

옛 메카와 동굴의 두 마디를 소근소근소근
아기들에게 내내 가르치고 있다는 무서운 무서운 사실을.

싸크라리온

이미
옛날에

일만오천 년도 그 이전에
허공에 巢를 쌓고 성운의 소리를 듣던
마고는
밥을 나누던
神市의 중심.

싸크라리온이었다우.

어제 오늘 이야기가
아니우

이리가라이형!

뤼스
이리가라이형
들으시오

하늘로부터 듣던 그 소리는 그때
四律 아직 이전의

八呂.

여자소리 혼돈소리뿐이었지만
八呂
四□에 四□지요
하늘과
밥.

　－훗날에 산 위의 호숫가에
　　남자가 서고 장터가 서고
　　주거니 받거니 가격이 서고 전쟁이 서고

　그때도
　획기와 분배는
　여전히
　여자.

싸크라리온이 싸크라멘타리움에서 온 것이 아니라
싸크라멘타리움이 싸크라리온에서 왔다우
뤼스님.

이미 오래 오래 전

서기 1세기 훨씬 이전에
파미르고원 밑
한 마을의

바산 바옌지 귀신살이 왕비 '기도하는 꽃송이'
法慧月의
말.

이천 년이 흘러간 뒤지만
좋소.

오늘
당신의 싸크라리온이
시커먼 젠다투쟁도 쌔하얀 신성성의 공허만도 아닌
흰그늘로 일어선 것을

참으로 눈물로
축하합니다

오늘의 비단 깔린 장바닥에
이젠
참으로

획기와 재분재의
옛 아기와 엄마 대신
두 예맥의 여성

蘇思利와 亥仁
물가에서
우뚝 설 때라!

　싸크라리온
　싸크라리온
　(현실적 신성성)

강물이 소리쳐 흐르기 시작할 때라!

기억하시오
뤼스님

그때 산 위를 지나던
예감의 빛
바람 한 줄기의 말소리

'싸크라이멘토
싸크라이멘토
Sacraimento!
(거룩한 예감)'

그것은
빛.

바로 남자였다우

막달라 마리아의 죽은 애인
예수가 누구였지우?
그 예수의
말

'싸크라이멘토의 기억을
싸크라멘타리움이라고 한단다.
기억해둬라!'
(성찬식)

아프리카 · 이온(Africa · Ion)

누군가
나에게
낮게 속삭인다

　─너는 이 세상에서
　　아무 쓸모없는 쓰레기─

내가 스스로에게
이를 갈며 대답하는 건 이때다

　─나는 이 세상을
　　완전히 뒤집어버리겠다─

내가
아프리카에 간 적은 없다, 아프리카 해안에
그것도 노예로 유명한 아이보리코스트에
잠시라도 서 본 적
없다

말로는 할 수 있다

　─그 해안에 노을 이면

노예선에서 흘리던 시뻘건 피가
공기 중에

공기 중에서
흰그늘로 꽃 필 것이다 라고. ―

나는
전라남도 목포
달동네 뻘바탕의 시궁창 하당
공산당 하다 빨치산 하다
자수하고 쫓겨나 전선을 헤매다 종전 뒤
강원도에 멈춘 아버지 따라

아득한 그 땅
개울보다 낮은 한 빈민굴에서
모친의 시뻘건 인두에
허벅지를 지지며 소리 지르며 자란

한
피 흘리던 노예
그 출신

안다
아프리카 · 이온이 무엇인지를
나는 나의 흰그늘의
스쳐감으로써 이것을
안다

그것은 瑞氣

공기전형 중의 한 怪奇

山崇海深
높은 산 쌔하얀 빛
깊은 물 시커먼 그늘에서만
怪는 살아오르고
그 怪에서만

숭고심오의 가파른 한 끝에만 서리는
瑞氣가
아프리카 · 이온임을 안다

기인 긴 고통 뒤에 오늘
잠시 바람 쐬러 삼십리 밖

시궁창 下溏으로부터 삼십리 橫城쪽 치악산 깊은 산 속
九龍寺 들어간다

수없이 수없이 노비들 빠트려 죽인 학곡
못물로부터 시작된 九龍내
산으로 산으로 오르는 길
노비반란의 四尾柱離가 갈갈이 찢겨 죽은,
孟庵 스님이 끝없이 통곡하던 그 길
그 개울가

거기 서리는 것
그 瑞氣가

이온임을 깨달은 것은 그러나 겨우
오늘이다

산을 내리며
시내로 돌아오며

세상을 바꾸려면 애오라지
큰 진리를 깨닫는 것만으로는 안 되고
피 흘리는 것만으로도 안 된다

뜻을 세운 뒤
세상의 認可를 얻은 뒤
한밤에
다시
과거를 반역하는 날

그날
이온이
瑞氣가
아이보리코스트의 노을로 온다는 것 몸서리치며
깨닫는다

　나 이제 돌아간다
　어린 날의 뒷산 비녀산 비탈의
　작은 옹달샘 속에 밤마다
　피던 하얀 달꽃의
　한 노래로
　돌아간다

'장일담이는 시내 상해식당에서
일본놈 셋을 맨손으로 때려죽이고

다섯 걸음에 비녀산을 넘고
하룻밤에 만주에 닿아
마적대장이 되어 일본놈 일개 연대를 무찔렀다네.'

　그래,
　우리들 아무도 안 믿었다
　즐길 뿐 그 누구도
　믿지 않았다
　세상은
　미군 올 때까지 그저 기다리기만, 기다리기만.

'그 장일담이가 해방이 되자
목포시 청년위원회 위원장이 되었고
또 사라졌다
6.25때는 인민군 정치보위부 대좌가 되어
사이드카로 연동에 나타났다'

　그래
　우리들 그 누구도 장일담을
　안 믿는 사람은 없었다
　장일담은
　실재였다

밑바닥 영웅으로
새마을운동 때까지는 여지없이 살아
전설 속 認可 속에서
그랬다.

나 이제 돌아간다
프랑스 사람들의 잡담 속에
기이한 공기전형의
瑞氣
노을이 피는 흰그늘의 꽃

산알로.

노예선 밑바닥 피 흘리는 숱한 노예들의 실증의 역사
저 끝없는 끝없는 탄식과
고통의 실증의 역사
아프리카 · 이온
이온의 역사로 돌아간다

아

그것은 認可라는 이름의

팍툼의 문제.

그것은 프랑스인들의 오늘의 유일한 흰그늘의
산알.

피 흘린 노예의 검은 역사와 아프리카의
흰 빛 공기에 관한 산알 소식의 힘.

아이보리코스트의
참
아이보리.

　─서글프지만
　　그 팍툼.

안데스 · 락

어린이와
여성 주도의 후천화엄개벽 모심의 첫 촛불
水王會를

금강산 당취 彬杉화상 등
아홉 사람이 모여 처음 시작한 갑오혁명 실패 뒤
1895년 음력 4월 5일 한밤중의 앵산

해월 선생 숨어 있던
경기도 이천군 설성면
그 앵산을 찾아
오늘 아침 일찍 길을 나선다

아무리 묻고 물어도
거대한 도시로 변해 버린 이천시
그 어디에도 대답은 단 하나

  ─그런 곳은 이천에 없어요.

'없어요.'

페루 특유의 돌가루 음식

안데스 바위의 부서진 돌가루가
당뇨나 배설장애에 큰 약이 된다고
참말
귀하게 여기는
이른바 안데스 · 락

안데스 山神이 흘린 콧물이 돌가루가 되어
그 코의 강렬한 白灰 기운이
우주의
신령한 약기운이라고 심지어

남미 지식인들조차
현대과학이 손대면 약효가 없어진다고
원형을 사수하는데

'없어요.'

아하
없단다.

10년 전 나 혼자 앵산에 서서
외로이 울다 國師峰의 희미한 자취에 울다

문득 燈塔의
애기달을 본
앵산

없단다.

利涉大川이라
여성 주도 화엄개벽의 남한강을 건너야만
산알이 오리라던 여인.

스물여덟에
찢겨 죽은 여인
'이(蝨)'

양평장터 그 해 초가을에 잡혀서 죽은
애기달
'이'.

해월 선생은 그날 밤 두물머리에서
큰소리로 외쳤다

'이가 바로 오얏이여!'

—蝨學李!

'己位親政'이라더니!
신 오얏이 감기 특효약이라더니!
오호라
첫 촛불
산알이었다.

없단다.

돌아오는 길
이천 시내 도처에 번쩍이는
영어간판들,
'Flu Free!'
'Flu Free!'
'Flu Free!'

蝨.

正祖말 '이'의 본명은 李水仁으로 茂朱李氏. 본래는 全州李氏
인데 正祖말 反政사건으로 성씨를 바꾸고 무주 구천동에 숨어 살던 동학당. 남조선 중조선의 이후 80년 동안의 지하조직이었던 어린이 · 여성 · 쓸쓸한 민중 해방 운동인 水王會의 첫 상징적 대표인물이다.

할롱·무니

나에게
누군가 와서 묻는다
　─할롱베이를 가 봤는가?

대답은
　─무니(munni)!
　　(神仙이라는 베트남 말이다)

질문은 총알 같다
　─무슨 뜻인가?

대답은 '흰그늘!'
　─베트남은 참으로 신령한 민족이니까.

베트남에 갔을 때
나는 그곳이 어째서 燈塔易의 乾卦
過密超留地區인가를 크게
크게 깨달았다

　─왜?
　─하노이엔 5층 이상 건물이 없고
　　택시는 아주 천천히 달리고

모두 다 자전거 자전거 자전거
―그것이 乾卦인가?
―그렇다. 그것이 다가오는 후천신문명이다

나는 '예감'에 썼다

―전쟁에선 총을 들고 싸웠던 그들
   더욱이 여성들이 어쩌면 그리도 부드러운가!
   '도이모이'에 그처럼 열심히 앞장서는가?
―전쟁의 후유증은?
―고아들이다
―어땠는가?
―………

'예감'에 썼다

〈이제야 나는 西南쪽의 '乾'을 참으로 보았다
이제야 '見龍' 용을 본 것이다.
내 인생에서 이런 일은 없었다.
'큰 사람을 보면 이롭다 利見大人' 하니
아이들이 바로 큰 사람이다
飛龍在天이요

終日乾乾이다.〉

고아원 벽에 써 있다
〈오늘의 어린이는 미래의 세계다
TREEM HOM NAY · THE GOIO NGAY MAI〉

  한 소녀가 다가와 내 손을 꽈악 잡는다
 ─이름이 뭐냐?
 ─항
 ─나이는?
 ─열 다섯
  항이 내게 묻는다. 영어다.
 ─몇 살이에요?
 ─예순 일곱
  항의 눈빛을 타고 어느 어두운 골목에서
  삶을 고뇌하는 한 젊은 영혼이 푸드득 날아오른다
 ─공부 열심히 하고 마음을 꼭 지켜라.
  문에서 되돌아보니 항이 가만히 서서 손을 흔들고 있다
  흰그늘 · 슬픔의 瑞氣.

 항
 HANG.

魂이란 뜻의 베트남말.

　―나는 그 소녀를 仙女라 생각한다.
　베트남의 산알.
　할롱 · 무니가 바로 항이다.

꽃 한 송이

내 이름은
英一

꽃 한 송이다

나는 어려서 최대의 소망이
주변의 작은 것
채송화, 분꽃, 나팔꽃, 참새, 잠자리, 돌멩이와
함께 사는 것
그리고 그것을 그림으로 그리는 것.

지금
내 나이
꼭 칠십이다

아침저녁 빈틈이나
잘 때는 늘 누워서 중얼거린다

　─땡이야
　　앙금아
　　앙금앙금아
　　빡새야

땡이는
우리집 고양이 김막내,
앙금이는 뒷산 자작나무숲 딱정벌레
앙금앙금이는 그 새끼
그리고 빡새는 아웃 횡성 광암리 막국수집
참새새끼들이다.

어느 날
해월 선생의 호저면 고산리 숲에 숨어 계시던
넋이 내게 말씀하셨다

　　ㅡ 땡이와
　　　앙금이는
　　　너의 형제요
　　　너의
　　　벗.

나는
돌아왔다
열세 살에 쫓겨난
고향에

어린시절에
꽃 한 송이로 육십 년 만에 돌아왔다

나에게 더는
슬픔 같은 건
없다.

나는 매일 꽃과 벌레와 새와 애기달을 그리며
華嚴符 70까지
나아가고 있다.

행복하다.

IV

흰그늘의 산알 소식과
산알의 흰그늘 노래

미트라

인도 생태학자
반다나 시바의
개념

미트라에서 비로소 나는
인도의 부흥을 믿는다

미트라

간디보다 더 크고
시바神보다 더 생생하다
미트라는 힌두의 깊은 신비의 육신화
나에겐 그저
산알이다만

인도의 저 무수한 불가촉 천민들에겐 매일매일의
따뜻한 할머니의 미소

그것은 신의 웃음소리
그것을 듣는 이는 죽음의 자리에서도 벌떡 일어선다

아시아의

오랜 지혜여
인도여

미트라를 그대의 근대화를 통해
그날그날의
산알로 바꿔놓으라
부디
신비를 힘차게
과학화하시라.

오오라레리오

'아,
이 고마움!'

오오라레리오는 이 말이란다

우리는 방글라데시를
값싼 외국노동자의 이름으로만
기억한다
기억하자
힘써 기억하자
방글라데시는 오오라레리오

'아
이, 고마움!'

신이 인간에게 주신 외로운 눈물방울의 뜻이란다
상서로운
하늘의 흰 눈물
이 한 방울

어찌 방글라데시뿐이랴
다가오고 있는 저 시커먼 大病劫의 시절에

모든 인간에게 주실 한 방울의 외로운
하늘의 흰그늘
흰 눈물.

오오라레리오
오오라레리오.

尺

내가
누구에겐가 이 말을 던진 적이 있다
취해서였던가
옛날에
가차를 타면서

　─살아봐야 삶이 무엇인지 안다.

나는
산 듯이 살았던가
산 듯이 살아 삶의 잣대를 얻었던가
없다

　─삶의 잣대가 없이는 삶을 모른다

무엇이
잣대인가

　─尺

발음도 버마말로 '척' 이라는
산알 잣대.

작은 새 이름인데 아픈 애들을 부리로 쪼아주면
화안히 웃으며 다 났고
누운 여인들 날개로 쓰다듬으면
벌떡 일어나 미친 이처럼 중얼거린단다

　　─다음 버마 대통령은 다름 아닌
　　　　바로
　　　　'척'.

그렇다
그야말로
尺.

스탠다드다
오늘의 삶의 잣대
대통령 이름은 버마의 이 작은 새 이름
尺이라는

깨달음.

생명이 새 삶의 기준.

티베트 · 혼(Tibet Hon)

티베트는
요즘 밤이다

그러나 티베트 · 혼
그 넋은 하얗게 불 밝히고 있다

외로운 스님의 발을 씻은
물에서
자란 보리삼

核酸이다

사리 아닌가!
달라이 · 라마는 티베트 · 혼 안에서
하얗게 웃고 있다.

하아얀 밤
차마고도의 저 높은
등성이.

토토 · 헌(Toto Hun)

부처의 자비
신의 기인 손가락

몽골의
聖山 토토 · 탱그리 기슭에 피는
흰 꽃송이

아픈 상처에 닿으면
씻은 듯이 나아버리는
밤하늘 날아다니는

아아
옛. 옛. 옛
不咸의
물

56개국 영성전문가들 해마다 모여
이 꽃으로, 不咸의 물로
세계를 구원하자 머리를 맞대고
피를 흘리듯 명상하고 있다
그 산 저쪽의
푸른 바이칼 깊은 곳

쌔하얀
알혼의
섬

그 不咸의 물
언젠가는 파밀로 돌아갈 神市에로의
多勿의
흰 꽃송이.
하아얀 不咸의
한 송이
물.

러씨안 · 젤리

2012년이
끝인
마야달력을
'아시아의 지혜를 품은 의미심장한 대침묵' 이라고들 부른다

죽음이 오고 있고
종말이 오고 있고
개벽이 오고 있다

산알은
이제

약품이나 꽃이 아닌
예언자의 신호

대빙산이 녹아 없어지고 메탄층이 폭발하는
싸모아 발랑까에 뜨거운
독극물이 펑펑 터져 솟아오르는
러씨아에는 그러나

젤리가 있다

피부병이나 내상에는 옛날부터 특효약
꽃
농촌의 허허 벌판에 흔히 자라는
꽃
그 씨방의 이름
러씨안 젤리.

시월 혁명까지도 경험한,
또 그것을 밀어낸 당신들 러씨아인이
어째서 그것을
가득찬 이 怪疾의 시대에
생명과학으로 성큼
들어올리는
산알혁명을 꿈꾸지 못하는가

어째서
미르 대신
유럽 짝퉁으로 마르크스 뒤쫓다가 망한
시월을 자기비판 못하는가

내가
건방진 것인가

안나・아흐마또바의
뒤틀린 미소를
오호쯔크해 기단 냉각 위를 날으는
러시아 민영항공기 안에서

전력이 모자라
밤새 캄캄한
冬宮 폭격의 상징 아브로라 호텔 방에서
천 명밖에 안 남은 캄차카 남쪽
이뗄멘족의 옛 신화
칠천 개 속에서

페트로 파블로브스크항 건너편 풀언덕
미센나야쇼브카의
한
할미꽃에서

헬챈의 책
『미르, 끝없는 꿈의 탑』 속의 한 구절

'러씨아가 어느 날

미르의 꿈을 현대화 할 때

인류는

끝없는 꿈의 탑을 완성할 것' 이라는 부분을

울며 읽는다

러씨안 · 젤리는 '미르' 속의

한 현상

러씨아 농촌의 한 평범한 꽃송이.

기억하는가?

아리아드네(Ariadne)

미학은
경제의 최고 단위

시는
과학의 최고의 영역

한
평범한 풀 속의
놀라운 산알은

참다운 새시대 생명과학의
진정한 시작이요 신문명의 첫 촉발제.

제프리 · 휴던가
　－신비한 한 구절의 페러다임이
　　차원 높은 과학의 아버지다.
　　맞는가?

　간단한 풀이나 민간처방의 약효 안에 도리어 전문 체계적 과학,
그 이론적 근거의 체계성이나 학문적 전문성 자체가 가진 복잡하
고 골치 아픈 한계를 우리는 생각해야 한다.
　그 도그마나 이런 체제성이 어떤 경우 도리어 진정한 생명치유

와 해방작업에 방해가 될 수도 있음을 잊지 말아야 할 것이다.

이것은 근대유럽에서 비롯된 유물론, 실증과학, 감각위주·증명위주의 도구성 등으로 인한 한계일 경우가 숱하다. 그리고 이것이 마치 지금의 지구위기의 원인이 되기도 한다.

따라서 "산알" 담론을 계기로 하여 새로운 신선한 생명문제에로의 시각을 활짝 열어야 할 것이다.

기이하지 않은가!

아리아드(Ariad)는 본디 라틴어에서 〈보석〉을 뜻하는데 세 개의 아리아드가 겹치고 있다.

세 개의 보석이란 은총이 아닐까!

조금 신령한 메타포나 감동으로부터 생명문제에 재접근하기 위해 〈산알 충격〉을 활용해 보는 것이 어떠한가!

아, 태평양 해안 하와이 근도의
해초 '아리아드(Ariad)'
방향제!

아, 하와이의 요양원 한 연구실 여성전문 의사 아리아드네·페토피쉬(Adrid Petofishee) 박사!

아, 그래서 만들어져 세계적으로 유명해진 예쁜 여성 이름의 정

신치료제, 정신안정제,
  '아리아드네(Ariadne)'!

  옛 발칸 속담에
  이런 말이 있다

  '보석 세 개가 모이면
  천사가 하나 탄생한다.'

  산알!

可弘

시뻘건 짐승꽃
웅웅거리며 벌레를 잡아먹는
독성 수질의
붉은 꽃

그러나 可弘이라오.
앞으로 붉어진다 하니

참 붉음은 먼동이요 생명이요
여성이고 아이들이고 그리고 중심 있는 탈중심의 드넓은
화엄역

거기
당신네 나라에
옛 慧忠國師의 琉璃世界
無縫塔 선다는
소식이니

그 아니좋으시요!
아름다운 莫古耶의 빛 可弘.

다만

버리시오

총만은 버리시오.

지금은 총이나 칼의 시대가 아니라오.

可弘.

넉넉하고 넓은 사람들의 시절
점잖고 적절한 사람들의 시절
polite and propriate peaple!

대화엄의
때.

碧巖錄이 산알로 생생히 되살아날 터
深川에
호화판 빌라와 코냑, 벤츠 대신

童子所부터
세우시구려.
德雲 海雲 善住의

진짜 공산당부터 세우시구려.

거기

달라이 라마와 카디르와 함께
예수 복음을
마야부인, 구파여인, 변우동자와
一日二日花蝕鳥鵬大聖佛이 다 함께
공부하는.

허허허

孔子가 어딜 가겠오?
제 나라 두고
뗏목 타고 東夷로 가겠오 설마!

그러니
동이 문화 말살의 꿈
天明劍은 아예 아예 꿈에서라도 싸악―
버리시길 바라오

옛 친구여!

베에진(Baegine)

미국 남부
외진 산치아고 근처 한 시골에서
뉴욕으로 날아온

폭설로 강추위로
괴이한 감기로 고생하는
워싱턴으로 날아온 한 소식이 있다
지역 텔레비나 신문 통해 가끔 날아오는 한 소식

'베에진'

멧돼지 이름이다
멧돼지 흉내 낸 흑인 아줌마 별명
그 아줌마가
싸구려 파와 배추,
흔해 빠진, 먹지도 않는 채소 짓찧어 만든
민간 감기약
이름

Baegine
　　─그쪽 사투리로는 '미친놈'.

이 약이
사람 잡는다
아니 감기란 감기는 모조리 잡는다

'정신 차려라
미국아!'

그리 말한다

더구나 그 흑인 아줌마는 지독한
지독한 기독교 기도쟁이
밤새 기도한 뒤 곁에서 누가 아프면
빵부스러기나 쥬스나 맹물만 집어줘도
금방
나아버린다

'정신 차려라
미국아!'

이 아줌마가 아프칸 전쟁만은
죽어라고 반대다. 정신 차려라. 그놈의 잘난 미국의 정신아!

허기야
멧돼지가 어떤 때
神藥이 된다는 근처 인디안의 전설이 남아 있다

나는 생각한다

풀,
채소,
멧돼지
인디안
흑인에
백인들의 기독교
중국의 五運六氣論에다
미국 생의학 찬란한 그 실험실 과학을 섞어
예수의 힘으로
산알을 만든다면?

호주 여성 생태학자
발・플럼우드의 주장처럼
인격-비인격, 생명-무생명 막론하고
일체 존재를 모두 다
거룩한 우주공동주체로 들어올리는

442

모심의

神藥을

예수 이름으로 만든다면?

어허

그러나

정신 차려라 미국아!

우선

아프칸에서 충질을 멈춰야만

산알이고

사리고

마음 속의 몸

'the body in the mind' 가 下降하는 것.

오호라

정신 차려라

정신 차려라

제발 제발

정신 좀 차려라! 미국아, 이 아름다운 나라야!

지금은 십자군 시대가 아니니라!

비비컴 · 나르발라돔 · 하이예

케냐에
눈 내리는 보도를 봤을 때다

한
벌레가 구멍에서 기어나왔다

수만 년을
숨어서 산
적도의
흰눈의 혼.

혼이 말한다
　─머지 않아 새벽에 밤이 온다

밤이
왔다

비비컴 · 나르발라돔 · 하이예
　─이랬다 저랬다 변덕스러워 종잡을 수 없는 괴변

赤道와 黃道의 일치,
낮과 밤의 평균

444

춘분과 추분 중심의
사천 년 유리세계의 예감.

왔다.

늙은 프랑스 과학자는
'불길하다' 고 말한다

과연
불길인가?

산알의 흰그늘은 언제나 불길하다.
마치
북극의 뜨거운
싸모아 · 발랑까의 바닷물처럼.
마치
오호쯔크해의
기단 냉각처럼
마치

명태도 안 잡히고 해수욕장도 거덜나는
요즈음의 동해안처럼

마치

온난화 한복판의 눈사태 강추위처럼

마치 마치
온난화 전도사 하다 폭싹 망한

엘·고어처럼

그리고 마치
벼락부자 되려다 몽땅 망한
월가처럼
또
그 누구처럼.

혼이 말한다

　―눈에서 소금이 필 것이다.
　　소금을 먹고 영생하리라.

비비하눔 · 바자르

내가 갔을 때
사마르칸트는 여름이었다

모든 여름은
바자르

모든 바자르는 비비하눔
비비하눔은 티무르의 덕 많은 황후의 이름.

사마르칸트에서 삶은
언제나
금성이 뜨는 성
쵸폰아타
졸본성이다
그 삶은 언제나 여름이고
언제나 성스러운 장바닥이다

그 여름
지하박물관 아프라시압에서
6세기의 고구려인을 만나

한마디

충고를 듣는다

　　―21세기 조국의 산알은
　　　오일장뿐.
　　　비단 깔린 장바닥뿐.
　　　산알은 여성이 주도하는
　　　호혜
　　　교환
　　　획기적 재분배
　　　다만 그것뿐.

비비하눔 · 바자르는
神市였다.

아아
우즈베끼 속담이 나를 울리던 그 여름이여!
　　―고통이 지나면
　　　노래가 남는다

산알의 흰그늘 노래여!

아시아의 마음

유엔 사무부총장 모리스 스트롱의
아내
한나의 말이다

　　─아시아의 마음 없으면
　　　세계는 끝이다.

오대산 밑 진부의 토속음식점
隱山의 술고래 주인
明씨의 말이다.

　　─西大千筒水 없으면
　　　남한강은 끝이다.

화엄개벽의 첫 개척자
呑虛 스님의 말이다.

　　─화엄개벽의 씨는 남조선에서
　　　화엄개벽의 열매는 중조선에서
　　　중조선 화엄의 시작은 우통수에서.

한 동국대 역사학과의

젊은 사학자의 말이다

　─황해는 동아지중해가 아니라 이젠
　　신 지중해다.

한 어부의 말이다

　─서해바다는 이제 세계와
　　아시아의 한복판이다.

게레이여 · 자라샨 · 포파이난 · 바이달란

-반드시 필요한 것 이외에는
 결코 자연에서 더 가져가지 마시오-
키르키스의 옛 속담이다
현대 생태학이 전혀 아니다

온난화 타령
코펜하겐
엘 · 고어
탄소배출권 장사
가이아 복수설
원자력 대체에너지설

-게레이여 · 자라샨 · 포파이난 · 바이달란-
키르키스의 옛 가이벨렌 여신은 더 많은
돈벌이를 위해 짐승을 함부로 잡은 사냥꾼
고초쟈쉬를 하늘과 땅 중간인
허공에 영원히 매어 달아 놓았다.

녹색성장 코펜하겐 회담 도중 각국 대표들의 비밀회의에서
탄소배출권 장사를 논의했다.
이른바 예수 믿는 자들의 현대생태학이다.

악카라

키르키스스탄의 수도
비슈켁의
마나스 도서관 앞

11세기 음유시인
키르키스 민족 영웅 마나스 기마상은

흰 용의 계시
'악' 과
검은 용의 계시
'카라' 의 종합이다.

그리하여 키르키스는
'악카라' 의 노래와 칼에 의해 외적의 지배에서
해방되었다.

나는 그날
그곳에서 둘 사이의
둥근 호를 보았다

원만.

산알은 원만이었다

그리하여
가난하지만
키르키스는 지금도
깨끗하고 문화와 교육으로만
배가 부르다

됐는가?

오리온 · 한

키르키스의
비슈켁 거리에
한 숲 사이 한 음유시인 정치가의
기마상이 서 있다

오리온 · 한.

오리온 성좌에서 내려왔다는 신의 모습이다
그의 사상은
두 가지

'적의 칼이 내 목에서 피를 내기 전에는
어떤 경우에도 결코 칼을 뽑지 말라!'

'굶어서 죽기 이전에는 어떤 경우라도 어느 한 생명체도 해치
지 말라!'

산알은
오리온 좌에서만 오시는가?

아블까스움

카자흐의
알마티.

민속학 대학장 카스카바소프 박사가
내게 말했다.

'당신은 고구려의 후손인가?'
'그렇다'
'우리는 형제다.'
나를 힘차게 껴안으며 노인은 울고 있었다.
'당신은 키리 · 카자흐의 후예'
'키리 · 카자흐 신화에서
아블까스움은
카오스 나름의 코스모스요 남신이면서 여신이다.
질병이고 죽음이면서 생명이고 영원이다.
아블까스움은 요즈음처럼 질병과 죽음과 오염과 혼돈이 지배
할 때는 반드시 그 반대의 치유제로서 가깝게 가깝게 다가오는 한
우주의 힘이다.

알마티
朴一 선생이 사시던 곳

노인의 눈에 가득찬
아아
아블까스움
아블까스움이여!

동바

베트남 고도 후에시의 강가에 있는 옛 시장 이름이다.

사회주의 시장과 옛 아시아의 신시가 결합된 중간 형태다.

통제적 획일과 가격 다양성이 종합돼 있다.

분명 체계적 시장임에도 호객과 환전의 자유스러움, 키르키스 이쉬쿨 호수의 야르마르크트와 똑같은 애틋함과 협의 가격이 통하는 시장이니 요즈음의 동아시아 생명경제학의 실험 테마인 '탈상품화에 의한 재상품화'의 가능성이 사회주의적 평균재분배 기초 위에서도 아슬아슬하게 세워져 매우 기이한 시장이다.

시장 이름인 '동바'가 베트남 말로 무슨 뜻인가?

'삶의 씨앗'이란다.

'산알' 아닌가!

라벤더

하토야마의
요즘 일본은
새 말들로 만원이다

'료조(龍女)'
    ―사카모도 · 료마 공부하는 여성들
'레키조(歷女)'
    ―백제 역사 공부하는 여성들
'아메요코'
    ―도꾜 우에노 거리의 불타나는 벼룩시장

그리고
'라벤더'

치약인데
치통, 독성물질, 입 냄새, 소화불량에 특효약
일본 북해도 원산의 '도노이조'
그 속뜻은
'귀신 오줌'이란다!

허허

산알이 틀림없다.

일본은 '귀신 오줌'을 먹고 옛 범죄를 완전히 씻을 것인가? 허허허 오줌 말이다!

벨 · 모라다

신새벽
터키의 바다
카스피해 흑해의 아직 어두운 바닷가
찬물 한 그릇에
내리는 이슬방울

향기 한 오리에
온몸이
다 상쾌해진다는,
그래서

신의 미소라는
바닷가 옛 전설의 땅
가브리에세아로의 흰 장미로도 비유되는

'새벽의 빛'
벨 · 모라다

가난한
옛옛 테세의
한 어린 시인의 이름

'애기달.'

빔차

내가
캄차카에 간 것이
잘못이었다

빔차의 큰 무당 비에라 · 고베니크는
'캄차카는
아무나 오는 땅이 아니다' 라고 했으니.

내가
사뭇 잘못이었다

울면서 울면서
'우리 이뗄멘족을 살려주세요
이제 천 명밖엔 안 남았어요'

천 명.
그러나 그들의 옛 신화는
무려 칠천 개.

그 칠천 개로 미국과 일본에서
유럽과 한국에서 아무리 아무리
천 명을 살리려고 애써도

소용없었으니
내가 역시
잘못이었다

　ー신화 칠천 개가 밥 먹여주나?
　ー캄차카에서 무슨 돈이 생기나?
　ー그까짓 오랑캐들 없어지면 어때?

사뭇사뭇
나의 잘못.

그래

가끔 신새벽 허탈감 속에
비에라가 북치며 노래 부르던 장승굿 골짜기
빔차를 생각한다.

돌아오며 빔차 장승에
구릿골 만국 약방 기둥의
닭머리
하나
그려 붙이고 왔다

鷄鳴星.

빈다

그 별이 뜰 때
그 개벽의 별과 같은
이뗄멘의 산알이 소나기처럼 내리길

내려
비에라의 빔차가
새로운 칠만 개의 신화로
가득 가득 차도록.

마하

마하(mach)는
큰 하늘.

그러니 곧
산알이다.

러씨아 이르쿠츠크 변두리 농촌에 사는
늙은 세습 샤만.

나의 첫 질문은
―나는 건강한가?
대답은
―앞으로 더 좋아진다.

산알이다.

'인류의 당면 과제는?'
'생명과 평화'
'인간의 당면 과제는?'
'여자가 이끄는 삶의 건설'
'둘 다 가능한가?'
'둘 다 애 많이 먹는다'

'왜?'
'......'

마하의 얼굴에 그때
아무것도 없었다.

나는 일어섰다.
'가겠다.'
마하가 따라 일어섰다.
'밥 먹고 가라.'

나는
이르쿠츠크에서 그날 잃어버린 우리 할아버지를 보았다.

발렌찐

바이칼 무당
발렌찐은
역까지 마중 나왔다

'왜 여기까지?'
'알혼이 온다기에'
'당신이 발렌찐?'
'아니다, 바이칼이다.'
'왜?'
'지구의 구멍이니까'
'알혼이 무엇을 뜻하나?'
'그 구멍에서 나온 산알.'
'그 알혼이 산알?'
'그렇다, 부르한(不咸)이 바로 그것.'

나는 갑자기 배가 고팠다.

길가의 흰 자작나무와
붉은 금강송이 모두 다
하얀 밥 한 그릇으로 보였다.

바이칼의 시퍼런 시퍼런

하늘의 물구멍 속엔
가득가득 쌔하얀 알혼의 밥.

아자미

해모수도
유리도
주몽도 다아 날으는 샤만

신을 만나
병을 고친 아자미의 방문

'해그늘'이다

아무르강에 갔더니
나나이 샤만 학자들이 나를 붙들고 모두들
'카사'를 묻는다

내 뒷통수에 꽂힌
새 깃털이 보인다고 했다

화장실에 가
거울을 봤더니

짙은 짙은 컴컴한
우울의
그늘뿐.

—아하! 민족으로부터

　　　희미한 빛이 보였나 보다.

　　—아하하! 그 민족으로부터 카사를 보는 것은 모두 다 지금도

　　　모두 다 나나이의

아자미!

아자미!

아자미!

쎄도나

내가 그날 쎄도나
미국의 아리조나 주

성스러운 치료의 땅 쎄도나
종바위 꼭대기
볼텍스(Vortex)에서

지구 중심으로부터 솟구쳐오르는 솟구쳐오르는

쌔하얀 磁氣의 소용돌이
산알산알산알에서
칼끝처럼 아프게 체험한 것은

white shadow란 이름의
인디안 추장의
마지막 얼굴

종바위 바로 곁에 있는
시커먼 골짜기

부러진 화살
브로큰 애로우에서 스페인군에게 총 맞아 죽은

수많은 인디언들의 마지막 지휘자
white
shadow의
시뻘건 얼굴.

지난 2004년 인도네시아의 쓰나미
26만 명이 한꺼번에 죽은 대해일에
삼천 년 서쪽으로 기운 밑바닥의 지구자전축 북극 태음으로
임금자리로
되돌아올 때

찢어지던 날
지구에너지 수렴축 지리극으로부터
찢어지던 지구와 우주 사이의 에너지 확산축
磁氣極 찢어져 나가던 날
다시
결합하던 날

대빙산 해빙하고 메탄층 폭발하고
남반구 해수면 더워지고 추워지고 케냐에는 쌔하얀
눈 내리던 날 얼음 얼던 날

나는 거기서
당신의 얼굴을 보았다

부러진 화살 계곡에서
피 흘리며 쓰러져가던
white shadow

9천 년
기인 긴 몽골리안 루트의 혼

또 보았다

어제
가까운 터미널 영화관에서
3D영화
아바타에서 판도라의
하늘에 뜬 정원에서
당신의 피문은
얼굴 얼굴 얼굴이 곧
산알임을 보았다

거기

수많은 미국인들의 심층 속 시커먼 부러진 화살에서
아직도 짙은
콤플렉스로
죄의식으로 분명
산알 노릇을 하고 있는

white shadow를 놀라서 크게 그리고
똑똑히
보았다.

9천 년 전
베에링을 건너던 길고 긴
몽골리안 루트 그때 부르던 노래 노래에

　─이카이카루 · 데에무 · 와이스무이 코냥카투이
　　새야 새야
　　네가 가는 이 바다의 끝은 어디냐
　　내가 숨은 이 깊은 물속의 하늘 아니냐!

오소다

사마르칸트에
불 켜질 때

노을녘 이곳 나 사는
배부른산 無實里에도 어둠 내릴 때

느을
기억나는
한 얼굴이 있다

사마르칸트의 얼굴
오소다

내가 그날 지팡이 짚고
혼자서
티무르 대제의 기념관 앞에 섰을 때

오소다
의자를 가져다주며
흰 오디 한 알 내게 권하며
'꼬레' 냐고 묻던
아름다운

여인

서투른 영어로 내가
'행복하라'고 했을 때 그 얼굴에
피어나던 수천 년 고통 속에서
동서양이 만나던 씰크로드의 저 아득한
미소가 하얗게 피었을 때

오소다

나는
당신의 어둠 속에서

지난날의 온 인류의 검은 고통과
다가오는 날들의 큰 세계의 하얀 미소가 드디어
하나가 되는 날의 이름

'산알'을
보았다

오소다
오소다

배부른산 無實里에 어둠 내릴 때

노을녘
사마르칸트 거리에
하나씩 하나씩 불이 켜질 때.

마더 포인트

미국은
국가가 아니다

인류가 모여 사는 한 방식.

거기
옛 사라진 인디안
야바파이 포인트가 남아 있다

그랜드케니언에
사슴이 어슬렁거릴 때마다 그때마다
가슴을 치는
한 마디

'엄마'

인류는 미국은
그 인디안 포인트의 흰그늘의
이름

'엄마'로 다시 살아날 것이다
'엄마'는

인류가 모여 사는
한 방식.

그러나 야바파이의 아픈 기억
흰그늘이 절대조건이다.

제롬 · 시티

유령의 도시
산꼭대기에 화랑만 열 개다
2000미터 넘는 높은 산맥 위에
유령여관이 있다
Ghost Inn.

정직하다

수많은 중국인들이 광산에서 일하다 막장 무너져
죽은 자리에
화랑이
열 개

박물관도 있다

정직하다

지금 진행되는 미국과 중국의 싸움의 이름은 과연
무엇인가

유령의 도시
제롬?

제롬은
'나이 값' 이란 뜻의
프랑어 어원.

하하하하하.

코요테 샘물

카아슨·맥컬러스의 소설
『슬픈 카페의 노래』를 읽으며
너무도 슬퍼
울지도 못한 적이 있다

그곳.

길바닥에
수녀원이 있고 그 간판이
'생명의 세계'

좀 지나
'갤러리·반 고흐', 그 옆엔 음악실 '언더그라운드'

그렇다
슬픈 카페의 노래다
울지도 못할

그곳.

그곳의 산알이 아마도
'코요테의 샘물.'

바람의 산알?

미국의
산알이 무엇일까

파암 · 스프링스의 수많은 수많은
미래에너지 시스템
풍력기들일까

칼리메사의 체리 계곡
푸른 정원 뒤의 흰 산들의 아름다운 원경.

'웰컴 투 캘리포니아'
'사막센터'
'쌀의 길'
'메카 29 종려나무들'
'천 개의 야자수'
'야자수 샘물'
'북부 야자수 샘물'
'사막의 뜨거운 샘물'
'흰 물'

간판들이다
그리고는

수천 기 수만 기 수십만 기의 풍력 발전기들이
산과 계곡과 평지에 가득 가득차
풍덩풍덩 불어오는 바람 아래
빙빙빙 돌고 있다

어느 쪽인가
미국의 산알은?

둘 다인가?
(꿈도 야무져라.)

과소지대

백두산에서
용정 가는 만주길
온종일 달리는 그 호젓한 길을
문득
가로지르는 흰 사슴이 있었다

그 무렵
신문에서
월가의 한 씨이오(C·E·O) 가라사대
'아메리카를 팔아서 아시아를 사라!'

나는
미국 동부의 대학 특강들을 마치자
렌터카를 타고
아틀란타에서 아리조나까지
중남부를 일주일 동안 횡단하며 비로서
도쿄 기후협약에 콧방귀 뀌는
부시 뱃장의
근거를 보았다.

아틀란타에서 휴스턴까지
기인 긴 숲과 강물과 새들과 흰구름의 길에

마을 하나도 없었다
그 다음
텍사스 초원
그 다음
아리조나
그 위는 네바다 그 옆은 국립공원 그 옆은
오대호 그리고 도시와 도시 사이의
수많은 빈터.

過疎開活地帶
過密超留地區.
현대 생태학의 해방구.

또 있다

아리조나에서 엘에이, 쌘프란씨스코까지
비행기에서 가만히 내려다보면
기이하고 기이하다

그 무인지경에 농로, 수로, 도로와 싸이로
모두 다 구획정리 돼 있다

공황이 왔을 때의 처방이다

영종도에서
기자를 만나

　-미국은 쉽게 안 망한다

한 마디 했다가 당장
친미파, 반역자, 역적, 반동, 배신자!
허허허

그게 문제가 아니다

내가 10년 전 해운대에서
燈塔八卦를 보았다
燈塔易을 비난하는 易人들이 많다.

그 중 한 가지가
이것이다

　-정역과는 달리
　　어째서 베트남과 캄차카로

한반도 정역의 乾坤卦가 가 있느냐

대답은 두 마디다

　　─사대강 때문이다
　　─過密超留와 過疎開活 때문이다

또 한 가지가
이것이다

　　─어째서 일본 중국이 맞바뀌어 震巽補弼이고
　　　어째서 끝끝내 한국 미국은 艮兌合德이냐

또 대답은 두 마디다

　　─거품과 레키조(歷女) 때문이다
　　─미래 문명은 超留開活인데 미국에 아직 이것이 있기 때문
　　　이다

마지막으로 또 한 가지

　　─어째서 이 위대한 한반도가 복희역의 전복완성인 乾坤이

아니고 도로 주역의 저 고통스러운 南離北坎이냐?

아마도
이 시집의 총결론이 된다

　─루돌프·슈타이너와 그의 제자 다까하시·이와오는 이스
　　라엘에 뒤이어 현대의 聖杯의 민족은 한민족이라고 주장한
　　다.
그래서 아직도 고통스러운 '흰그늘(南離北坎)'이다.

(한마디 변명도 좀 하자꾸나. 우리는 좀 고통스러워도 '흰그늘'
이 '세계와 인류의 산알' 아니냐!)
아!
그러나 그러나
이 일은 어찌하나!
사천 년의 유리세계 예감인 동해안의 저온 속에서
兩白間弓弓의 저 기이한 쓸쓸함 속의
풍요한 풍요한 代案的인 瑞氣는?
初眉는? 現佛寺는? 豊基는? 毘盧寺는?
그리고 또
영주·봉화·영양 지나 瑞氣로 빛나는 빈터, 빈터 뒤의 우뚝한
淸凉山은? 淸凉寺는?

아아, 이 "산알"을 어찌할 것이냐?
아아아,
이 鄭鑑綠 十勝地의 "瑞氣圈"을
참으로 어찌할 것이냐?

새로운 乾坤

나는
나 홀로 동학당이다

어째서 나 홀로냐?

—증조부 조부님이 주아실에서 그랬으니 나도 그렇고
太極弓弓 부적을 弓弓太極 부적으로 주장하니 그렇다

그런데 왜 네오 · 르네상스니
入古出新은 자꾸만 주장하느냐

　　—수운 옥중시에 다음이 있다

　　　燈明 水上 無嫌隙
　　　柱似 枯形 力有餘

등불이 물 위에 밝으니 의심할 여지 없으나
기둥이 말라 비틀어져도 아직 힘이 많이 남았다

어째 그러냐?

　　—물 때문이다.

물 위에 불빛이 아직 약하다
水王史는 겨우 이제부터다.

그래서?

　－변함없다.
　　그러나 변했다.
　　向我設位는 변함없으나
　　水王史를 위해서라면
　　向壁設位도 인정한다.

그것을 五運六氣에서는 무어라 하는가?

　－雲丁과 海門 사이의 不然其然 복합률이라 부른다

왜 새로운 乾坤이냐?

　－우리는 결국 八卦 안에 있으면서도 八卦 바깥으로까지 나
　　가야 한다

요즘 문자로 설명해 보라.

－동아시아 태평양 신문명의 허브 이름은
－동롯텔담이고 그 설명구는
the integrated network다.
중심성이 있는 탈중심이다.
서쪽에서 동쪽으로 권력과 자본 중심은 이동하지만
동시에 전세계가 자기 위상을 유지할 만큼의
다극체제가 형성 중이다.

화엄경인가?

－바로 그것이다.

물의 시대. 海印三昧시대로 간다. 물에는 八卦가 없다.
八卦는 물과 그늘에서 시작되지만
八卦 안에는 물이 없다, 물과 달로 나가는 길은 있다.
그것이 흰그늘.
그러나 八卦 중심이지만 八卦 바깥으로까지 나가는
華嚴易이 요청되는 것이 지금이고 그것이 오늘의 書契요
結繩 아니겠느냐?

燈塔이 그것인가?

－그리로 가야 한다는 한 신호일 뿐.

스트리트 · 다이얼로그

미국은 분명
기울고 있다.
그러나
미국이 가진 산알이 미국을 살리고 있다.

첫째는
過密超留 過疎開活

둘째는
인디언 기억의 흰그늘

셋째는
여성, 어린이, 유색을 포함한 전세계로부터 온 쓸쓸한 사람들의
스트리트 · 다이얼로그.

화엄경 입법계품
묘덕원만신의 굿
受生蔣 受生自在燈이 바로 산알인 것이다.

이 산알이 곧
미국의
'마음 속의 몸' 이다

새 문명의 한 예감.

땡이의 눈물

땡이는 이제 서울로 간다
제 오빠가 보고 싶어해서다

난 걱정이다
땡이 없이 어떻게 사나

그러나
제 오빠는
나보다 더 외로운가 보다

가야지
가야지

하면서도 한없이 외롭다

새벽에
창밖에서 한 기별이 온다

'곧 봄이다
뒷산 자작나무 숲에서
봄날 앙금이를 만나라'

그래
앙금이를 만나

2012년 2013년 2014년 2015년 2016년에 다가올
괴질과 산알의 시절에 올
중생해방의 날에 대해 이야기를 나누자

네 번 다섯 번씩
눈물 흘리던
땡이는 그날을 예언한 것.

妙描의
미묘함은

包五含六月과
五運六氣頭의 바로 앞 산알.

그 다음은
멍이다.

2016년 산알 아니겠느냐

땡아
잘 가거라.
그리고
그때 네 야옹 속에서

땡땡땡
만나자
땡아.

꽃그림

華嚴符.

나는 나의 매일 그리는 꽃그림을
이렇게 부른다

육십여 년 간 못 그리던
꽃그림을 매일 그리는 오늘날
내게
恨 같은 건 없다

어머니의 명령을 어겼으니
그 대신 나는 사라질 것이다.
문막 삿갓봉 아래
화장해 흩어진다

기념해서도 안 된다
기억해서도 안 된다
동상이니 기념비니 상 따위는 절대로 안 된다
다만 연구만 허락한다
아마
동국대에 맡길 것이다
내겐 잘잘못이 너무 크니까

연구는 마땅한 것.

위선의 향연 아니다
꽃그림이 내 기념비요 상이요 동상.
그 속에
華嚴符 속에서 나는 끝없이
영생할 것이기 때문이다.
그리는 매일 매순간
나는
그것을 생생하게 느낀다
나는
영생한다.
모두 어머니 덕이다.

오일장 칼국수

(많이 썼다. 쉽게 한글로 썼다. 入古出新의 네오 · 르네상스 주
장하는 나이니 생전 처음 한시 한 번 엉터리라도 쓰고 싶다. 허락
해주기 바란다. 두 편이다)

平原下溏上
花發丹丘巢
包五含六月
五運六氣頭

兒頭白闇侍
玄覽涯月民
圓滿水王史
南辰北汚回

백제 이야기

누가
누구더러

이리 가라 저리 가라
말할 때가 아니다

스스로 알아서 가고 안 가고 하는 그런 때
후천화엄개벽을 스스로
모시는 때.

이런 시절에
일본 여성들 수천 명이
부여로
무령왕릉으로 와
백제 역사를 공부한다

교토의 철학자
鶴見俊輔 선생의 말씀이다

　　－일본의 살 길은 문화혁명뿐.
　　　문화혁명의 주체는
　　　둘.

여성과 소수 피차별 민중.
그들은
세 번의 문화혁명의 주역이었다.
나라 교토 백제 문화 전래 시절의 꿋꿋했던
황후와 귀족 여성들
15세기 가톨릭 상륙 때
십자가 밟는 대신 처형당한 여성 신자들
19세기 사회주의 공산주의 무정부주의 때
남자들 다 전향하는 데도
종신형 살면서 버텨낸 수십 명의
여성 간부들

이제
네 번째의 문화혁명이 오고 있다
그 메시지는 한반도로부터 온다
그것을 자기 것으로 체화한 일본의
수많은 여성들이 드디어
나라 교토 백제문화 전래 시절을
기억하기 시작할 때
혁명은 오고
배고파도 삶과 빛의 시절이
마침내 올 것이다.

가또·기요시는 말한다
'욘사마는 한국 배우 배용준이 아니다
그것은 그의 이름과 이미지를 빌린
일본 여성의 집단적 부활운동이다.'

료조(龍女)에서
레키조(歷女)에서
그리고 우에노 거리의 '아메요코'에서
흰그늘의 문화혁명이 오고 있다

나 역시
백제 사람이다
그래서
한 마디 도움을 주고 싶다

부디
井邑詞를 읽으라
井邑은 우주의 배꼽이요
井邑詞는 화엄법신의 여섯 구슬,
雲門六不牧라 했으니
그 밑에 부친 노래에서 雪竇선사는
'천축의 그 넓은 대지에서도 못 찾겠더니

밤이 와 문득 생각하니 엄마의 젖가슴 속이
그곳이었구나'

화엄법신 이야기다

前腔	돌하 노피곰 도드샤
	어긔야 머리곰 비취오시라
	어긔야 어강됴리
小葉	아으 다롱디리
後腔	즌 데롤 드더욜셰라
	어긔야 존데롤 드더욜셰라
	어긔야 어강됴리
過篇	어느이다 노코시라
全善調	어긔야 내가논데 졈 그롤셰라
	어긔야 어강됴리
小葉	아으 다롱디리

그렇다.
이 노래를 평생 부르다 간 이는
다름 아닌 신라공주 善花였으니
신라 역사의
善德女王과 여성 주도의 神市를 공부하라.

한 편지

내가
잘 아는
한,
중국의
젊은 여성 시인이

내게 편지를 보내왔다

내가 편지에서
최근 중국의 돈에 환장한 모습,
소수민족 탄압,
여성 억압,
빈부격차에 富二代 貧二代 房奴에
深川의 젊은 사랑족들 호화판 놀음판에
공산당 부패
錢權膠着 위에다
공자, 주역, 율려를 이웃 나라에까지 강요하는
최근 중국을 비판하는 글
나의 편지에 대한 답장에서다

'慘愧'

세 군데나 커다란 붉은 글씨로 썼다
그 밑에 푸른 글씨로 작게
'나는 운다.'

시인의
한 구절이 떠오른다

'어둔 밤에서
대낮까지의 그 찰나에
새울음 같은 바람소리
그대 거대한 실루엣을 날려 버린다'

새울음 같은
지금은 그저 자그마한 새울음 같은
그러나 바람소리

여인의
바람

아아 그 산알은 매우 가까운 것 같다

워낭소리

내가 누군가
가끔 묻는다

내가 과연 누구인가?

어젯밤 비로소 답이 온다, 그렇다, 답.
대답이다.

'영화 워낭소리의
늙은 농부.'

농부는 애쓰지만 별 수 없었다. 농부는
저도 모르게 기다리고 있었다

시커먼 우리에 갇혀 병든 채
시커먼 눈에
소의 눈에
흐르는 하아얀 눈물,
그 눈물을.

눈물이 흐르도록
안약을 넣은 것일까

비공식으로 알아봤지만
전혀
우연이란다

우연.

그렇다

워낭소리는 일거에 그 눈물 하나로
아시안 네오 · 르네상스의 촛불을 켰다
흰그늘의
산알.

감동을 조작하는 서양 변증법
그 조작적 몽따쥬를
일거에
박살내버리고
우주생명학의 새로운 진리인
復勝의 美學을 세운 것이다

산알은
氣穴의

복숭으로부터만 자연스레 오는 것,

단 하나의
위대함은
이것,

15세기 피렌체처럼
이탈리아와 유럽과 부르쥬아와
희랍 인문학만의 승리가 아니다

그것은
한국이지만
한국만이 아닌

모오든 인류와 모오든 중생

인격—비인격
생명—무생명

일체의 우주공동주체가 흘리는
모심의
눈물

모심의 미학

누구나 모시고 또 앞으로 모실
참 산알인 것이고
참 산알일 것이다

참말
워낭소리

나

농부는 이제 웃으며 죽을 수 있다.

선덕여왕

나만 아니라
모두들
그렇다

이제껏
신라사는 우습게
고구려사는 굉장하게 여겼다

식민지시대에
주체와
저항과
대륙과
다물이 있었다

그런데 이젠 신라가 달 떠오른다
선덕여왕.

미실과 덕만
신권과 왕권
획기성과 재분배다

단군과 왕검의 이원집정제가

여성 안에서 겹친다

화백과
다수결이
풍류와 불교가.
여성 왕통과 남성 보조자의 듀엣이 그렇게
인기였나 보다

나는
강릉 예맥 시대의
蘇思利와
亥人
두 여성의 리더십을
그 뒤
南毛와 俊貞
두 원화의 싸움을
(글쎄 싸움이었을까? 싸웠다고 몰아세우는 건 아닐까? 역사란
본디 청산작업이니까)

또 다시
나아간다

석가세존 뒤 파미르 밑 호숫가의
法慧月

그 완벽한 神市
그리고
세존이전 비로자나의 엄마, 파미르 위 솟대의
麻姑.
또는
마고 · 꼬꼬꼬.

그들 속에서 떠오르던 달 八呂과 四律
그 애기달이
아직은 안 보인다

그저 싸움, 싸움, 싸움뿐
있어도 그저 남녀의 이원집정 이원집정뿐
아직
法慧月이 없다.
慧月 뒤에야 비로소
참말 싸크라리온이 온다
참말 여성 중심의 이원집정이 오는 것

그러나
이것은
신호다

나는 그래서 보다 안보다 하면서도
선덕여왕을
새로운 시대의 첫 샘물로 여긴다

개벽의
첫 조짐

애기달이다.

막걸리

내가
술로 병든 것은
소주 때문이라오.

스무 살 대학 들어가 술을 배울 때
박정희 쌀 아낀답시고
카바이트로
막걸리 만들어
토하고 설사하고 몸 나빠져서

할 수 없이
독한 소주로 돌았다오.

뭐?
쌀막걸리?

허허허허허

말만 들어도
그냥 그윽하다오.

더 무슨

너스레가 필요할까요?

내가 이 세상에서 가장 좋아하는 말 세 가지

모심
비단 깔린 장바닥
그리고
막걸리.

되었소?

판소리

박윤초의
이십오 분 CD
쑥대머리를 듣고 난 뒤

G라는 이름의 한 빠리의 여성 평론가 빨간 얼굴로
왈

'동양과 제3세계 음악
많이 많이 들었지만
저처럼 기이한 음악은 참말 처음이다
혼돈하고 복잡한 시커먼 과정 속에서
그래도 줄기차게 하이얀 순결의 恨을 찾아가는
알 수 없는 예술이다.
어떻게
저런 음악이 이 세계에 있었던가?'

그 다음 말이
폐부를 찌른다.

'저렇게 좋은 예술을 놔두고
어째서 수십 명씩 한국 청년들이 한해에도 끝없이
빠리로 빠리로 예술 공부하러 오는가?'

내내
기이한 감동 속에서
나는 속으로 중얼거린다

'나는 오늘
두 세계의 탁월한 미학을
한순간에 확인한다.'

이튿날 새벽
한 한국 유학생에게 전화를 걸어

'잘 왔어
빠리에 잘 왔어
여기 참
배울 게 많아!'

정말이다.

詠歌舞蹈

소리
노래
춤
樂歌舞의 산알춤

똥구멍춤
꽁무니춤
사타구니춤

괴질의 대병겁에 산알춤이여
영가무도여
공중부양의 칼노래 칼춤이여

절집의
모심춤

부디 사람 목숨 살리시라
가깝다
괴질이 가깝다

온갖 생명을
다아 같이 살리시라

소리
노래
춤.
樂歌舞의 산알춤.

품바춤

더럽다
이름이 아주 더러워
다들
침을 퉤퉤 뱉는다

씨구씨구춤

씹구멍 말이니 참말 더럽다

그러나
이보시오
옛 어른들은 복 빈다고 일부러라도

여우 보지를 속에
차고 다녔다우
왜 그러십니까

시커멓고
더러운 데서 하얀 복이 왔다우 그걸 아세요!

그래서
강증산 선생은

무식하게도 품바춤을
후천 시대의 율려라고 치켜세우고

이 말 듣고 웃는 놈은
그 자리에서 직사한다고
공갈쳤다우.

어째서
그랬을까?

─흰그늘이지, 뭐!
　水王이여 水王! 뭘 알기나 알아?

침 · 뜸의 산알

灸堂
金南洙

침 · 뜸의 명인

미국 외과대학에서는 멘토이면서
국내에서는 범법자

다만
이 분의 경락학에는
산알이 없다

산알이
灸堂 안에서 復勝할 때

조국은 통일되리라
조국은 聖杯의 소명을
다 마치리라.

산알 水王學

백두산 도인
林學 선생의 직계 제자인

백다섯 살 자신
張炳斗 翁은
누구나 다 아는 神醫이시니
산알이
부르면 다 온다

회음혈로부터
마치 세계와 우주가 백두산 天池로부터
새로이 태어나듯
산알의
水王學이 성립하기 때문.

나는
십수 년 정신병을
水王으로
다 나았다

水王은 물,
水王은 달,

水王은 그늘과 여성.

모심이 나의 삶이면
水王은
이제 나의 철학
흰그늘은 나의 미학
그리고
산알은 이제
나의 과학이다.

이것이 天符經의 妙衍이란 두 글자이니
재작년 2008년의 시청 앞
4월 29일에서
6월 9일까지 켜진
여성, 어린이, 쓸쓸한 대중들의
첫 촛불

그 어여쁜 화엄 개벽 모심의
애기달
童子所

진짜 白頭다.

옛날 白頭 이름은 兒頭.

'애머리' 라 하였다.

스톡홀름 상공의 북두칠성이 내게 가르쳐준
마지막 산알의 이름이다

그리고
나머지는

멍—.

산알의 명심보감

이제
끝이다.

산알 모란꽃의 스톡홀롬 산알 41개의 마지막
순서가 '멍' 이다.
'멍' 은
산알의 명심보감이다.
자기비판의 시작
박경리 선생의 '생명의 아픔' 이다.

선생은 한때 채마밭에서
배추를 가꾸다가 곁에 멍하게 서 있는 날더러
'늬는 밭 메봤나?'
'아니요'
'밭도 못 메본 사람이 생명 타령하나?'
'……'

이것이
멍이다.

한 구절 아무 데서나 뽑아 쓰면서 이 글 끝낸다.

『생명의 아픔』 73페이지. 단 한 줄이다.

―이와 같은 엄청난 괴리. 지식인들은 어디메쯤에서 서성거리고 있는 걸까. 부끄럽다.

흰꽃

病寅 5월 12일 경북 淸道 七곱에서.
지난 산알과 흰그늘 노래 121편에 이은
마지막 한 편 '흰꽃' 이 왔다.

경북
청도의 칠곡
숲속이다 대낮이다
창 밖에 하아얀
민들레씨 가득히 난다

가득가득하던
그 아득한 옛 감옥창살에서
생명을 깨우쳤더니

오늘
여기엔
왜 오시나

가슴 먹먹한 저 밑에서
희미하게 떠오르는
아내의
흰
빛

아이 엄마의
흰

아
평화.

내 생애 처음의 사랑
그렇다
개벽.

無勝幢解脫과 善悲籬와 모심의
하얀 꽃 한 송이,
英一.

시작시인선 0122
흰그늘의 산알 소식과 산알의 흰그늘 노래

찍은날 ㅣ 2010년 7월 10일
펴낸날 ㅣ 2010년 7월 15일

지은이 ㅣ 김지하
그린이 ㅣ 석용진
펴낸이 ㅣ 김태석
펴낸곳 ㅣ (주)천년의시작
등록번호 ㅣ 제300-2006-9호
등록일자 ㅣ 2006년 1월 10일

주소 ㅣ (우110-034) 서울시 종로구 창성동 158-2 2층
전화 ㅣ 02-723-8668
팩스 ㅣ 02-723-8630
홈페이지 ㅣ www.poempoem.com
전자우편 ㅣ poemsijak@hanmail.net

ⓒ김지하, 2010. printed in Seoul, Korea

ISBN 978-89-6021-131-5 03810
　　　978-89-6021-069-1 (세트)

값 45,000원